「幽霊さんを実体ある姿に戻すために、今日は火あぶりにして透明な身体の反応を見る実験をしようと思うわ」
『嫌すぎる』

「君を愛することはない」と言った氷の魔術師様の片思い相手が、変装した私だった 2

葉月秋水 illustration=toi8

人物紹介

天才的な魔法センスを持つ少女。
その正体は生ける伝説とされる
魔法使い、黎明の魔女。
幽霊さんが魔法の師匠で親代わり。
政略結婚によって、シオンと
婚姻関係を結ぶが次第に彼を
意識するようになっていく。

フィーネ

シオン

優秀な魔法使いたちの組織、五賢人の一人。
黎明の魔女に救われた過去があり、
彼女に特別な感情を抱いていた。
フィーネと共に過ごすうち徐々に惹かれていき
祖父の事件後、彼女に思いを告げた。

幽霊さん

旧文明の大賢者。
実体はなく、フィーネにだけ認識されている。
娘のような彼女の幸せを願い、
自身を犠牲にして消え去ろうとしたが
フィーネによって繋ぎ止められた。

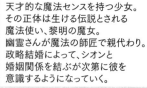

目　次

誰も見ていないかのように踊りなさい。一度も傷ついたことがないかのように愛しなさい。

誰も聴いていないかのように歌いなさい。この世が天国であるかのように生きなさい

——マーク・トウェイン

プロローグ

ロストン王国、王都の中心に位置する大王宮。

最上階にある《アトラスの間》は、この国の中で最も贅《ぜい》を尽くした一室のひとつだった。

部屋の調度品は、赤と黄金の二色で構成されている。

真紅の絨毯。女神が象《かたど》られた黄金の蠟燭《ろうそく》台。

巨水晶のシャンデリアが橙色の光を放つ。

フェリペ・ライオラ作『天地を裂く巨人』の天井画が、淡く照らされている。

部屋の最奥に置かれた椅子。腰掛けているのは、長身の男だった。

煌《きら》びやかな装飾品に身を包んだ彼を、この国の頂点に位置する存在だと誰もが考えている。

神からこの国を賜った特別な存在──国王陛下は低い声で言った。

「《黎明の魔女》が王都に現れ、ベルナール卿を討った、か」

向かいの椅子に腰掛ける男──この国の宰相を務めるコルネリウスはうなずく。

「ベルナールの別邸にあった痕跡を調査しましたが、やはりただの魔法使いではありません。その全容は未だ不明な上、年を重ねるごとに力を増しているようにも感じられると《花の魔術師》は話していました。自分や他の五賢人でも勝てると確信を持っては言えないだろう、と」

「たしか《氷の魔術師》は接敵しているのだったか」

「ええ。密かに彼女を追っている中で、そういう状況もあったようでした。とはいえ、彼の場合は捕縛することを目的としていました。生死を問わない戦闘となると、また話は変わってくると思いますが」

「ロストンの国防を考える上でも、最優先で考慮する必要があるだろうな」

「はい。現代において、突出した魔力と高度な魔法技術を持つ魔術師は、一個師団を単独で破壊する絶大な力を持つ存在になりつつあります。《焰《ほのお》の魔術師》アンリ・ロズヴェルグが、単騎で二万のアンデッドを灰に変えたと伝えられるように」

「《黎明の魔女》は彼に匹敵すると？」

「可能性は十分にあると考えます」

重たい沈黙が部屋を浸した。

国王陛下は静かに口を開いた。

「それほどの力を持つ者を、首輪を付けずに放っておくわけにはいかない」

「わかっています」

コルネリウスはうなずいて言った。

「五賢人を招集します。彼女の正体は必ず突き止める」

第一章　心臓によくない日々

魔法が好きだった。

食べることよりも、寝ることよりも、誰かと遊ぶことよりも。

考えているだけで幸せな気持ちになれた。

他には何もいらなくて。

だから、一人の方が楽だと考えるようになった。

一人なら裏切られることも傷つくこともないから。

良い人はいなくて。悪い人もいなくて。

すべての人が、良い部分と悪い部分を併せ持っている。

優しい人だと思っていた相手が、お金と欲に揺り動かされて悪魔のような一面を覗かせる。

一番の友達だと思っていたその人は、『君のことが昔から嫌いだった』とすべてを奪って去って行った。

大切にしていたすべてのものが失われて。損なわれて。

深く傷ついた僕は、存在が誰にも認識されなくなる魔法を自分にかけた。

一人の方が幸せだと思ったんだ。

元々人間は生まれてから死ぬまで一人。

みんな、心の中では何を考えているかわからない。

だったら捨ててしまった方が気楽でいい。

裏切られることも傷つくこともない。

誰に邪魔されることもなく、時間のすべてを自分のために使うことができる。

ささやかな幸せと空しさを孕んだ繭の中で、僕は長い時間を過ごしすぎたのだろう。

明け方の猫みたいに寂しくなって、人恋しくなって。

なのに、僕の存在は誰にも認識されなくて。

終わりにすることを本気で考えた夜もあった。

それでも、人生は予想できないことばかりで。

信じられるだろうか。

今、あの子といる煩わしさを僕は心から愛しく感じている。

「幽霊さん！　新しい実験のアイデアを思いついたの。幽霊さんにも協力してほしくて」

教え子であり、血の繋がらない娘であるフィーネは目を輝かせて言った。

『いいね。どういうアイデアなの？』

「土魔法で掘った穴の中に幽霊さんを生き埋めにして、本当に実体がないのか確認する実験なんだけど」

『…………』

訂正する。

心から愛しく感じてないこともある。

『……ひどい目に遭った』

「お疲れ様。なかなか面白い光景だったわ」

いたずらっぽく笑ってから続ける。

「やっぱり実体はないように見える。まるで本物の幽霊みたいに。でも、幽霊さんは幽霊とは違う。自分の存在が他者から認識できなくなる魔法を自分にかけた結果、こうなったって言ってたわよね」

『そうだね。少なくとも僕はそう理解してる』

「魔法式を構築する際に他者という部分が拡張されてしまったのかもしれないわ。他の物体から認識されない状態になってるのかもしれない。髪も伸びてないし年も取ってないみたいだから、時間の流れからも隔絶されているのかも。そしてだからこそ、解除する魔法も干渉することができない」

フィーネの考えは、ずっと昔に自分が導き出した結論と同様だった。

だけど、意識して何も言わないことに努める。

魔法を学ぶ上で、自分で見つけるという経験には得がたい価値があるからだ。

何より、自分が教わるならそういう先生に教わりたいから。

僕は何も言わず、ゆっくりでいいよと表情で示しながら彼女の言葉を待つ。

「でも、ひとつだけ例外がある。私は幽霊さんが見えている。認識してる。これは明らかに異常なことよ。他のものすべてが認識することのできない幽霊さんを、どうして私だけは認識できるのか」

『そうだね。それについては僕も本当に不思議なんだ。ずっと考えているけれど、手がかりになりそうなことさえ見つけられずにいる』

「多分、ここに鍵があると思うのよ。この謎を解明することができれば、幽霊さんにかかっている魔法を解くことができるかもしれない」

口元に手をやり、真剣な声色で言うフィーネ。

僕はしばしの間、彼女をじっと見てから言った。

『最近妙に張り切ってるよね。僕に関する実験も多いし』

「幽霊さんが幽霊じゃないってわかったからね。自分にかけた魔法が失敗したことが原因なら、魔法の力で解決できる。そして、幽霊さんが解決できない問題を解決できれば、私は貴方より優れた魔法使いになれたってことになるでしょ？」

いたずらっぽく笑ってフィーネは続ける。

「あるいは、私の中に幽霊さんという存在にとって特別な何かがあるのなら、それができるのは私だけなのかもしれない。何より、私は貴方にもらったものをまだまだ全然返せてないから」

『僕がやりたくてやっただけだから、返す必要なんてないよ？』

「それでも、私がやりたいの」

フィーネの言葉には、強い思いと意志があるように感じられた。

僕は胸の奥に、ひだまりみたいなあたたかい何かを感じる。

同時に少しだけ申し訳なくなるのは、彼女の結婚相手であるシオンくんのこと。

なりゆきで形だけの結婚をすることになった二人だったけれど、彼がフィーネのことを好きになって、その関係は変わり始めているように感じられた。

結婚してしばらく経つけれど、恋愛としてはまだまだ始まったばかり。

大事な時期に自分のことで時間を取らせてしまうのは申し訳ないし、フィーネの幸せを考えると、シオンくんに向かい合う時間が増えるように意識した方がいいだろう。

『そういえば、シオンくんとは最近どう？』

世間話の中でさりげなく情報を収集する。

近頃のシオンくんは、忙しい毎日を送っている様子だった。

先の一件で、クロイツフェルト家当主である父親が入院しているからだ。

王国屈指の名家となると、こなさなければならない仕事も多く、帰れない日もある様子。

しかし会える時間が減っていても、二人の関係に悪い影響は出ていない様子だった。

恋愛偏差値が致命的にないフィーネだけど、シオンくんはそんなこの子のことを気に入ってくれている。

こちらからは干渉せず見守っておけば、基本的には良い方向に進むだろう。

幸せな二人の未来を想像して目を細める幽霊に、フィーネは言った。

「私、恋愛って一種の神経毒みたいなものだと思うの。だって、感情の浮き沈みが激しくなって、些細なことを延々と考えちゃったり、何も手につかなかったりするでしょ。何より、失敗して嫌われたらとか考えたら、不安になったり怖くなったりする。それって、自分の幸せを他の人に委ねて、かっこわるいなって。結論として、恋愛って人生にいらないものだと思うのよね」

告げられた言葉に、幽霊は言葉を失った。

（目を離した隙に、斜め上の結論に至ってる！）

息を呑む幽霊にフィーネは続ける。

「そもそも、聡明で最高にかわいくかっこいい私が、色恋くらいで振り回されてたのがおかしいのよ。恋愛感情は結婚して時間が経てば消えていくって言うし、結局は一時的な発情期みたいなものじゃない？」

『またひねくれたことを』

「そんなくだらないことに時間を使っていられるほど私は暇じゃないの。読みたい本も試したいアイデアも山のようにあるんだから。さあ、実験の検証を始めるわよ」

記録された魔素濃度の数値を書き写す彼女の表情は、真剣そのものだった。

時間を忘れ、研究に励んでいる。

仕事が好きだからこそ得られる喜びと充実感がそこにはある。

先ほどのひねくれた恋愛についての考えも、虚勢ではなく本心なのだろう。

何かの本を読んで影響されたのかもしれないが、昔の自分も似たようなことを考えていたし、あながち間違いとは言えないようにも思う。

それでも、少しだけ寂しさもあった。

この子には、人生を構成するいろいろな事柄を、できるだけ前向きに楽しんでほしいと思っていたから。

　好きなことを見つけて打ち込んでいるのは素敵なことだけど、他の可能性を閉ざしてしまうのは勿体《もったい》ない。

（とはいえ、僕が口を挟むのも違うんだろうけど）

　この子の人生はこの子のものだ。

　理想や幸せを押しつけてはいけない。

　それはこの子が自分で見つけてこそ、価値あるものになるはずだから。

（でも、初めての恋愛に振り回されるフィーネをもう少し見ていたかったな）

　小さく息を漏らした幽霊の視線の先で、部屋に入ってきたのは一人の侍女だった。

　幽霊屋敷からフィーネのお世話係をしているミアは、先日の事件による怪我での入院から退院したばかり。

　腕には包帯が巻かれている。

　完治するまで休んでいてもいいのよ、とフィーネは言ったけれど、「フィーネ様は天然さんなので、しっかりしてる私がついていておかないと」と少しずつながら仕事を再開していたのだった。

「この前、お庭でカブトムシさんを見つけまして！」と興奮した顔で話すミアも負けず劣らずの天然さんであり、しっかりしているかと言われると首をひねらずにはいられないのだけど。

ともあれ、そんなミアはフィーネに歩み寄って言った。

「フィーネ様。シオン様が今ほど帰られまして、フィーネ様と夕食を食べたいとおっしゃっているのですが」

「――――！」

激しい音を立てて、フィーネが持っていた本と資料が散らばる。

フィーネは少しの間固まってから、慌てて本を拾い上げて机の上に並べてから言った。

「落ち着いて。冷静になりましょう。ただ一緒に夕食を食べるだけ。全然まったくこれっぽっちも慌てることなんてないわ」

「えっと、私は慌ててないですけど」

きょとんとした顔のミアの返事も聞こえていない。

頬をほんのり赤く染めて、「冷静に、冷静に」と呪文みたいに唱えている。

「恋愛って一種の神経毒みたいなもの」と言っていた先ほどまでとはまるで別人なその姿に、幽霊は笑ってしまった。

幽霊屋敷でほとんど人と関わることなく生きてきた彼女なので、初めて経験する恋愛感情の衝撃はそれはもう大きなものなのだろう。

『色恋くらいで振り回されないいんじゃなかったの？』

「……うるさい」

フィーネは野良猫みたいな目で幽霊を睨む。

不服そうに頬を膨らませてから、鏡に向かって髪を整えている。

(おもしろ)

形式上だった結婚の先で、生まれたばかりの淡い想い。

幽霊はにっこり目を細めて鏡に映る彼女の顔を見つめている。

◇　◇　◇

めんどくさい。

すべてがめんどくさい。

それがフィーネの現状に対する率直な感想だった。

訳知り顔でにやにやしてる半透明の父親も、些細なことでバカみたいに騒ぐ自分の感情も。

(恋愛なんてくだらないこと。取るに足らないものだってわかっているのに)

何度理性で抑え込もうとしても、うまくいかない。

余計なことを考えて、ふわふわしたりもやもやしたりしてしまう。

（このままじゃいけないわ。自分の心を整えるために、もっと恋愛感情の本質について学ばないと）

フィーネはクロイツフェルト家の書庫で、恋愛にまつわる古今東西の文献を読みふけった。

彼女が求めていたのは浮ついた心を落ち着かせる冷や水だったから、自然と現実的でシニカルな視点の意見が多く目に留まった。

（なるほど。恋愛というのは、一時的な発情期みたいなもの。時が過ぎれば薄れてなくなるし、自分の中で美化した相手を見て過剰に期待してるだけだったと知ることになる。やはり、私の人生において価値のあるものではないわね）

フィーネはひねくれた、皮肉好きの劇作家みたいな恋愛観になった。

（やれやれ、こんなくだらないことで一喜一憂できるなんて。成熟した大人である私には、理解できないわね）

そんな風に紅茶を飲みながら思ったのは二時間前のこと。

しかし今、屋敷の廊下を歩くフィーネの胸はどうしようもなく高鳴って収まらない。

（この私がなんで……どうして……）

考えれば考えるほど広がる動揺。

辺境でほとんど人と接することなく育ち、初めて出会った同世代の異性。

ロマンス小説の中みたいな形式上の結婚生活。

『俺と一緒に人生を歩んでほしい』

再会した日、伝えられた言葉。

『好きだ』

その響きは、時間が経つにつれてさらに彼女の中で大きくなっているように感じられた。

自分のことを好きだと言ってくれる人がいる。

その感覚が、フィーネという存在の芯を揺るがしている。

しかし一方で、彼への気持ちについては明確な結論を出せていないのがフィーネの現状だった。

自分はシオン様のことが好きなのだろうか。

そう考えると、少しの迷いが生まれてしまう。

人としては尊敬できるし、好きだと思う。

外見も素敵だと思うし、魔法の話も合う。

形式上の結婚生活を送ることには何の不満もない。

でも、それが本当に好きという感情なのだろうか。

辺境でほとんど人と関わることなく生きてきたフィーネには、答えが出せない。

（わからない……自分の心がわからない……）

そして今、始まった夕食の時間は恐ろしいほどの静けさで進行していた。

弾まない会話。

ぎこちない空気。

フォークが食器に当たる音がやけに大きく聞こえる。

その原因はフィーネの方にあった。

考えすぎて、うまく言葉を返すことができない。

意識してしまうが故に、そっけない感じになってしまう。

いわゆる好き避けに近い状況。

しばらく会っていなかったことで、シオンに対する距離感が迷子になってしまっている。

(この人は私がす、好き……)

そう考えると頭の中が真っ白になって何も考えられなくなってしまう。

(びっくりするくらいうまく話せなかった……)

自室に戻ったフィーネはベッドに倒れ込んで深く息を吐く。

募る後悔と自分への落胆。

普通に話すことさえままならなくなってしまうなんて。

(こんなの私じゃない。いったいどうしてしまったのよ私……)

枕に顔を埋める。

半透明な幽霊さんのくすくすという笑い声を恨みがましく睨んだ。

私は全然これっぽっちも面白くない。

◇　◇　◇

フィーネが自室で幽霊に枕を投げていた頃、シオンも同じように深い後悔の中にいた。

（うまく話せなかった……）

要因はいくつかあるように思う。

今までとどこか違う彼女の纏《まと》う空気。

警戒心の強い野良猫のような反応。

場を和やかにしなければと変に意識してしまった結果、逆にぎこちないやりとりを重ねることになってしまった。

（俺にもっと対人コミュニケーションスキルがあれば……）

それはシオンが幼い頃から最も苦手とする事柄だった。

実務上必要なことなら話せるが、他愛ない雑談となるとまるで言葉が出てこない。

できないから黙っていることを選択していた。

貴族の社交場に出るのは昔から苦痛で。

窓の外の景色を眺めるふりをしたり、壁にかかる絵画を見るふりをしてやりすごした。

周囲にはたくさんの人がいて、だけど一人でいるときよりも孤独であるように感じられた。

『ねえ、あの子すごくかっこよくない？』

『シオン様よ。クロイツフェルト家の』

だけどその外見は、魔性と呼ばれるほど周囲を惹きつけた。

うまく話せないだけなのに、クールで素敵と言われるようになった。

人との関わり方がわからないだけなのに、自分を持っていて流されない芯があると言われた。

勝手に魅力的な内面を期待されて。

見当外れな言葉で褒められるたび、心が冷えていくのを感じる。

貴方が思っているような人はどこにもいない。

結局の所、人は誰かと完全にわかりあうことはできなくて。

理解してるように見えたとしても、それは誤解の総体にしか過ぎないもの。

だから一人でいいと思っていた。

一人で生きていかないといけない、と思っていた。

でも今、自分にはわかりあいたいと思う相手がいる。
怖いと思う。
無理なことだとあきらめて、遠ざけておく方がずっと楽だと思う。
傷つくかもしれない。
後悔するかもしれない。
だけど、都合の良いところだけを取ることはできないから。
痛みも後悔も全部引き受けて、前に進まないといけないのが人生だから。
(フィーネが話していて楽しいと思える会話力を身につける……！)
自分を変えるべく努力することを決めた。
そこには彼女に対する、ひとつの不安もある。
(彼女は多分、俺のことが恋愛的な意味で好きではないのだろうから)
想いを伝えた。
うなずいてくれた。
彼女と過ごす時間は楽しくて。
ころころ変わる表情を見ているだけで幸せで。
しかし、そこにはどこかぎこちないものが常にある。

何より、彼女は自分の思いを一度だって口にしていない。

それは多分、一緒に過ごす形式上の結婚相手としては良くても、恋愛的な意味で好きというわけではないことが理由で。

でも、それでいいと思った。

片思いでも構わない。

(好きになってもらえるよう、がんばるんだ)

シオンは密かにそう決意している。


好きな人に振り向いてもらうために、何をすれば良いのだろう。

それはシオンの人生の中でも、トップクラスに難しい命題であるように思えた。

彼は恋愛的な一切を切り捨てて生きてきたし、育った家の中にそういう類いの素朴なつながりは存在していなかった。

人が人と関係を深めるために何をすればいいのか考えると、金貨が入ったお菓子の箱を渡すみたいな汚い大人の世界のやり方ばかり思い浮かんでしまう。

「くっくっく、貴方もなかなか悪ですね、シオン様」

用意した裏金を受け取るフィーネの姿を想像してみた。

うん、これは違うということは人間関係に疎《うと》い自分にもわかる。

（だが、いったいどうすれば……）

誰かに相談することも考えたが、人に頼るのはできるだけ避けたいと思うのが自分の性格だ。

王国魔法界の頂点に位置する五賢人の一人であり、公爵家の次期当主であることを考えると簡単に聞くわけにいかない立場でもある。

屋敷の廊下で侍女が本を落としたのはそんなときだった。

フィーネ付きの侍女であるミアが落とした本を何の気なしに拾って、シオンは言葉を失った。

『カリスマ恋愛マスターの天才恋愛講座』

（カリスマ恋愛マスター……!?）

こんな本がこの世に存在するとは。

息を呑んで表紙を見つめるシオンに、ミアは慌てた声で言う。

「も、申し訳ございません。拾っていただいてありがとうございます」

シオンはじっと本を見つめる。

これは千載一遇のチャンスだ。

五里霧中で暗中模索していた自分に垂れてきた空へと続く蜘蛛の糸。

簡単に手放してはいけない。

「少し読ませてもらってもいいだろうか」

「いいですけど、それはフィーネ様のご本でして――」

(フィーネがこの本を読んでいる……!?)

シオンはよろめいて後ずさる。

本が好きなのは知っていたが、まさか恋愛という分野についても詳しいとは。

優秀な彼女のことだから、恋愛論に関しても一線級の研究者に匹敵する知識量を身につけている可能性が高い。

(恋愛について学ぶ必要がある)

シオンは屋敷の書庫で恋愛に関する本を読みふけった。

忙しい生活の中で、進められる恋愛についての研究。

一週間が過ぎてシオンはひとつの答えにたどり着いた。

(まったくわからない……)

愛情にも優しさにも触れずに育った彼にとって、人間的な感情の機微は最も理解が難しい分野だった。

素朴で健全な人との交流というものを、彼は幼少期に学習できずに大人になっていたし、他人の心を理解したいと感じること自体なかった。

異性と交流する機会はあっても、恋愛的な魅力を感じることはなかった。

唯一の例外である《黎明の魔女》との関わりも、追いかけていただけで結局ほとんど持つことができないままだったから、好感を持っている異性と関わるのはこれが初めての経験。

(失敗して嫌われるのは……困る)

シオンは慎重に研究を重ねた。必要な準備が終わってからも、念のために何度も確認を続け、それから本に書いてある恋愛術をフィーネに試してみた。

「君はいつも２００パーセントかわいいが、今日は３００パーセントかわいい」

フィーネは「そうですか」とそっぽを向いてどこかに行ってしまった。

シオンは傷ついた。

好物の目玉焼き載せハンバーグもまるで味がしなかった。

(いったいどこで間違えた……？)

わからない。

必要な手順を事前の準備通り実行したはずだ。

反省と検証が行われた。

結果、シオンはひとつの結論に行き着いた。

(そもそも、自分一人で行おうとしたのが間違いだったのかもしれない)

人と交流した経験は乏しい上に、決して器用な方ではない自分だ。

誰かの助けを借りる必要がある。

(彼女を知る相手に相談してみよう)

シオンは、フィーネと仲の良い侍女のミアを呼んで、相談することにした。

「フィーネ様に好きになってもらう方法ですか」

「ああ。何か参考になりそうなことがあれば、教えてくれると助かるのだが」

シオンの言葉に、ミアは口元に手をあてて小声でつぶやく。

「……らぶこめの匂いがします」

「ん？　何か言ったか？」

「なんでもありません。初めて人の心を持った人形みたいでかわいいとか、うまく誘導すればラブコメみたいなうれし恥ずかし楽しい光景が見えるかも、なんて全然考えてませんので」

何を言っているのかよくわからなかったが、考えてないとのことなので気にしないことにする。

「それで、何か参考になりそうなことはあるだろうか」

「もちろんありますよ。この世界に私ほどフィーネ様のことを知っている人はいません。マスタークラスと言ってもらっても差し支えのないレベルです」

「そんなに詳しいのか」

「ええ。すごく詳しいです」

「ありがたい。助かる」

仲が良いとは思っていたが、そこまで彼女のことをよく知っているとは。

「フィーネ様ってパーソナルスペースが広いんですよね。あまり人と関わらずに生きてきたからか、触れられるのが苦手な猫みたいなところがあるんです。でも、照れ屋なだけで本当はそういう類いのスキンシップを求めてると思うんですよ。フィーネ様を振り向かせるにはそこを突くのが一番効果的です」

「触れあう類いのスキンシップ……」

「ただ、触れ方には細心の注意を払わなければなりません。昔、私がフィーネ様をハグしたとき、びっくりしたフィーネ様は私を投げ飛ばして関節技を極《き》めました」

「関節技を極めた……？」

戸惑うシオンに、ミアはうなずく。

「ええ。力強く見事な体術でした。野良猫に接するみたいに少しずつ段階を踏んで警戒を解いていったので、今はハグしても受け入れてもらえるんですけどね」

「つまり、軽めのスキンシップの方が良いと」

「いえ、フィーネ様が本当に求めているのはがっつり系のスキンシップ。野良猫ハートなフィーネ様も本当は、優しいご主人にぎゅっとしてもらいたいに決まっているのです」

「しかし、びっくりして関節技を極めてしまうのでは」

「では、びっくりさせないよう工夫しましょう」

ミアは真剣な表情で言う。

「ハグをするということをあらかじめお伝えしておくのです。そうだ、クロイツフェルト家に昔あった由緒正しい儀式と嘘をついて、ハグの儀式を作ってしまいましょう」

「ハグの儀式？」

「週に一度、日曜日の夕食前にハグをするのがクロイツフェルト家に伝わる歴史と伝統ある儀式なのです」

「しかし、彼女を騙《だま》すというのは」

「これはフィーネ様の野良猫ハートを溶かすためのこと。優しい嘘なので問題ありません。それに、フィーネ様もよく言っておられます。バレなければ何の問題もないと」

「バレなくても問題は問題だと思うが」

「幸い、今日は日曜日です。善は急げ。早速ハグの儀式を敢行しましょう。使用人さんたちには私から話しておきます」

ミアは言った。

「もっとらぶらぶ作戦開始です」

◇　◇　◇

その日曜日、シオンは夕食の二時間前に屋敷に戻っていた。

自室で魔法実験に勤しんでいるフィーネは、外の気配からシオンが帰ってきたことに気づいていた。

しかし、フィーネは自室から出ようとしない。

まるで関係ないみたいに、黙々と幽霊さんを実体化させるための研究に励んでいる。

『折角帰ってきてるのに、会いに行かないの？』

「夕食時にお話しできるから。何より、最近シオン様ちょっと変なのよね」

『変？』

「傍《そば》にいると心臓に悪いというか。この前なんて、いきなり『今日の君は３００パーセントかわいい』とか言われて。そんなこと言う人じゃないと思ってたからびっくりしたというか」

『顔を真っ赤にして部屋に戻ってきたよね』

「言わないで」

『枕に顔を埋めてばたばたしてた』

「殺す」

フィーネは幽霊を殴った。

拳が霊体を透過した。

「とにかく、夕食の時にお話しできるから今はいいの」

『君がそうしたいならそれでいいけど』

フィーネは意識して魔法実験に没入した。

色恋なんて神経毒の類いに振り回されることなく、自分のすべきことをするのがフィーネの理想とするかっこいい人のあり方だった。

(好調とは言えないけど、合格点ね)

納得できる及第点の仕事ができてほっと息を吐いたところで、扉をノックする音が響く。

「フィーネ様、ご夕食のお時間です」

「今行くわ」

ミアと一緒にお屋敷の廊下を歩く。

「あの、フィーネ様。詳細はシオン様がお伝えくださると思うのですが」

なぜかミアはいつもより少しそわそわしているように見えた。

おずおずとした声色で言う。

「実はクロイツフェルト家に伝わる歴史と伝統ある儀式がありまして」

「儀式？」

「はい。日曜日の夕食前に行われるものなんです。ベルナール様がご当主になってから行われなくなっていたようなのですが」

「それは再開してみてもいいかもしれないわね」

ベルナール卿のことだから、価値ある歴史と伝統もなかったことにしたり、ねじ曲げたりしていたのだろう。

「で、どういう儀式なの？」

「ハグの儀式です」

「…………今、なんて？」

「ハグの儀式です」

ベルナール卿の判断は正しかったかもしれない、とフィーネは思った。

『もっとらぶらぶ作戦』という言葉の意味が、シオンにはまったくわからなかった。

しかしミアはフィーネのことに詳しいようだし、色恋の類いに関しても、それを遠ざけて生きてきた自分よりずっと知識があると考えて良いはずだ。

シオンはミアの指示を忠実に守ることを決める。

ハグの儀式についてフィーネに話す。

「なんだその儀式」

フィーネは感情のない声で言う。

「婚姻関係にある二人が十秒間ハグをするという儀式だ」

真面目な顔で言うシオン。

フィーネは眉間に皺を寄せる。

「何の意味があるのですか、その儀式」

「より良い関係を維持する上で効果的だとされている。ハグをすることによって愛情ホルモンと呼ばれるオキシトシンが分泌され、安心感を得られると共に幸福度の増大も期待できる」

「そう言われれば意味があるような気もしないでもないですけど」

しかし、フィーネは両親が死んだ五歳の頃から、ハグというものをほとんど経験せずに生きてきた。

幽霊さんにぎゅっとしてもらったことはあるけれど、それも実体がないから肉体的接触を伴うものとは違う。

あまりに経験がないがゆえに、ミアに初めてハグをされたときにはびっくりして関節技を極めてしまったのだ。

しかも同性であるミアと、異性であるシオンでは同じ行為でも衝撃の度合いが違うはず。

顔が熱くなり、身体が汗ばむのを感じる。

（勢いあまって腕を折ってしまったらどうしよう）

力が強すぎる化け物みたいな不安を覚えるフィーネ。

「しよう」

シオンが手を広げる。

「い、いや、それは」

声を上ずらせ、あわあわするフィーネ。

「私も心の準備が必要というかですね」

「なら、待つ」

「二ヶ月くらい必要なんですが」

「長いな」

「あらかじめ文面で提出していただいて、検討し事前準備をしてから行いたい案件です」

「事務手続きが必要なのか」

「事務手続きが必要なんです」

よくわからない結論に至ってしまった。

なぜ事務手続きが必要ということになっているのか、フィーネ自身もまったくわからない。

シオンは混乱するフィーネを見つめる。

少しの間言葉に迷う。

それから、言う。

「……嫌、だろうか」

そう言ったシオンの言葉に、見過ごしてはならない何かがあるのをフィーネは感じる。

感情があまり表に出てこないシオンの奥にあるもの。

脆《もろ》く繊細な何かがそこにあるのをフィーネは感じていた。

この人は幼い頃に両親から引き離されている。

その気持ちは近い境遇の自分にも少しだけわかる。

だけど、わからないことの方が多いとも思う。

自分には幽霊さんがいたから。

似ているようで全然違う。

この人には誰もいなかった。

きっと寂しい思いをしていたはずだ。

心の傷みたいなものも抱えているのかもしれない。

だったら、人として自分はここで逃げてはいけないと思う。

恥ずかしいとか、変なことをして恥をかくかもしれないとか、そんな理由で逃げてはいけない。

「大丈夫です。覚悟、できました」

「無理はしなくていい」

「いえ、させてください」

フィーネは戦場に向かう兵士のような顔で言った。

「いきます」

「わかった」

踏み出すフィーネ。

二人の距離が縮まる。

重なる。

そっと肩に触れるフィーネ。

気遣いつつ、不慣れな所作で手を回して背中に触れるシオン。

それは思春期の男女が初めてするそれみたいに、不器用で変に距離のあるものだったが、それでもフィーネには刺激が強すぎた。

『ばんっ！』と赤く染まる顔。

真っ白になる思考。

処理しきれない感覚に激しく動揺したフィーネは、流れるような美しい動きでシオンの肩関節を極めた。


「完全にやってしまったわ……」

夕食後、ベッドの上で枕に顔を押し込むフィーネに、幽霊はくすくすと笑う。

『あー、面白かった。見事な関節技だったよ』

「笑い事じゃないわよ。ハグされて関節極める貴族令嬢っていったい何なのよ……」

『まあ、君はいろいろ特殊だし。でも、前々から思ってたけどあんな関節技どこで習ったの？』

「山で魔物と戦ってる間に自然と、こんな感じでやったらいいのかな、と」

『……天才だ。天才がいる』

息を呑む幽霊さんをスルーして、フィーネは頭を抱える。

「絶対に変な子だと思われた……終わった」

『元々変な子だと思われてると思うよ』

「シオン様も今頃ため息をついているに違いないわ。まさか自分の妻があんな天才柔術師だったなんて、って」

『天才ってところめちゃくちゃスムーズに受け入れたね』

「私は私を褒めてくれる評価に関しては、最優先で受け入れて記憶していくことにしているの」

『そんな覚悟が決まったような顔で言うことではないと思う』

その夜フィーネは、眠りに落ちるまで関節技をかけてしまった瞬間を思いだして、頭を抱えて心の中で「うわぁぁああああ」となっていた。

黒歴史を作ってしまったと思っているフィーネは知らない。

誰かに抱きしめられた記憶がなく、人との触れあいをほとんど経験せずに育ったシオンにとって、その関節技が決して悪いものではなかったことを。

（ハグとはこういうものだったのか……）

やわらかい身体と背中に触れた胸の感触による動揺。さらにフィーネを恋愛上級者だと錯覚していたことも相まって、恋愛上級者の世界ではこれが正しい作法なのだと誤解していたことを。

同時に、シオンも知らなかった。

関節技をかけられた夕食後、執事にかけられた言葉。

「大丈夫ですか、シオン様」

「……いや、悪くなかった」

ぽつりと漏らした本音を聞いた執事が、

(シオン様は、異性に関節技をかけられるのがうれしい類いの人なのだろうか)

アブノーマルな趣味があるのかもしれない、と真剣に考察していたことを。

互いに思いも寄らないことを思い合いながら、世界は今日も回っている。

第二章　五賢人

そんな感じで心臓によくない日々を過ごしながらも、フィーネは幽霊さんを実体に戻すための研究を続けていた。

「幽霊さんを実体ある姿に戻すために、今日は火あぶりにして透明な身体の反応を見る実験をしようと思うわ」

『嫌すぎる』

フィーネの言葉に、幽霊さんは感情のない目で言った。

『先日生き埋めにしたときに、僕の身体があらゆるものの干渉を受けない状態になってるんじゃないかって結論になったよね。物質や化学反応に加えて時間の影響も受けてないって』

「なったわね」

『それなら火であぶったところで結論は、実験する前からわかってると思うんだけど』

「やれやれ、何もわかってないわね、幽霊さんは。仕方がないから教えてあげるわ」

フィーネは大学の講師のような口調で言う。

「不要に思えることでもやってみると新しい発見が生まれることがあるの。歴史上多くの革新的発見が、研究者の不注意によるミスから生まれているのよ。効率的で合理的な考えが常に正しいとは限らない」

『それはその通りだと思うけどさ。でも、火の影響については僕も何回か試して影響を受けないことが確定してるし』

「だったら、いいじゃない。熱くないんでしょ」

『そう言われればそうなんだけど、ほらあぶられてるビジュアル的に僕の人としての尊厳が汚されている感じがするっていうか』

幽霊はいぶかしげにフィーネを見て続ける。

『君、最近僕への嫌がらせとしてこの手の実験してない？』

「……………………気のせいよ」

『今、間があった！　絶対わざとでしょ！　それ目的でしょ！』

追及する幽霊に、フィーネは髪をかきあげて言った。

「そうね。認めましょう。私は貴方への嫌がらせを目的としてこの手の実験をしているわ」

『うわ、最低だ。この人最低だ』

「嫌なら、恋愛関係で私をからかうのをやめなさい。そうすれば、私もこの密かな抗議活動をやめてあげる」

『……なるほど。それが原因だったわけか』

「そう。幽霊さんのせいで私の心労はかってないレベル。一日九時間しか眠れない状態なんだから」

『それだけ眠れたら十分だと思うよ』

幽霊さんはにっこり目を細めて続ける。

『絶対やめない』

それから、フィーネと幽霊はしばしの間ぽかぽかと殴り合いをした。

互いの拳は空を切り続け、最後には『何をしてるんだろう……』という空しさが二人を制止した。

『わかった。からかうのはどうしても我慢できないときだけにする』

「私も嫌がらせはどうしても我慢できないときだけにしてあげるわ」

フィーネは呼吸を整えつつ言う。

「でも、幽霊さんに関する研究が手詰まりになってるのも事実なのよね。試したいことは全部試しちゃったし、偶然の発見を期待して普段やらないことをやるしかないっていうか」

『いつも言ってるけど、そんなにがんばらなくていいよ？　そもそも、僕が自分で撒いた種だしさ。

『誰とも関わらず一人で生きていきたいなんて、自分勝手なことを考えた結果だし』

幽霊は塞ぎ込んでいた過去の自分を思いだす。

信じていた人たちに裏切られて。

人間の醜さを思い知って。

誰とも関わらず、一人で生きたいと自分に魔法をかけた。

その結果、誰とも関われなくなって寂しくなって。

誰かと話したいなんて思ってしまうのだから、自分は本当に救いようがない。

自嘲気味に笑う幽霊に、フィーネはむっとした顔で言う。

「そんなの普通のことじゃない。人間は身勝手なものだし、誰とも関わりたくないなんて思う日くらい誰にでもある。まあ、それで自分の存在を誰にも認識されなくなる魔法をかけるのは自意識過剰でちょっと痛いなって思うけど」

『言わないで』

「でも、だからって何千年もの間誰とも関わらずに生きないといけないなんて、罰にしたって釣り合いが全然取れてない。神様がいるなら首根っこつかんで引きずり回してやりたいところよ。うちの幽霊さんになにやってんだって。でも、それができないから私が治してあげるの」

フィーネは目を伏せて続けた。

「私がいなくなったら、また幽霊さん一人になっちゃうし。だから、それまでになんとかしなきゃ」

その言葉に、幽霊は少し驚く。

そんな風に考えているなんて、夢にも思っていなかったから。

（そこまで僕のことを考えてくれてるなんて）

猫みたいに素直じゃないところがあるフィーネの中にある優しい気持ち。

なんだか胸の奥があたたかくなる。

だけど、喜んでばかりもいられない。

自分は彼女の親代わりなのだから。

この子の幸せを何よりも優先して考えないと。

『ありがとう。でも、フィーネの幸せが僕にとっては一番大事だから。僕のことはおまけくらいの認識で大丈夫だからさ』

「勘違いしないで。幽霊さんのためになんてやってない。私がやりたいからやってるだけだから」

ふん、とそっぽを向いて、それからはっとした様子で言う。

「そうだ、幽霊屋敷に行ってみましょう。今、改めてあそこに行けば幽霊さんを元に戻すための有力なヒントを見つけられるかも」

『でも、あの屋敷は所有権を巡って今は裁判中でしょ。公爵家の人間が中に入るのはまずいんじゃ』

「甘いわね。賢い私はその点について、完璧な解決策を持っているのよ」

フィーネは不敵に笑みを浮かべて言った。

「バレなきゃ何の問題もないわ」

（大丈夫かな……）

幽霊はあきれ顔で仮面の準備をするフィーネを見つめた。


形式上の結婚をして、クロイツフェルト家の次期公爵夫人になったフィーネには、秘密にしているもうひとつの顔がある。

《魔の山》最強の存在として君臨し、北部地域で起きた魔物の暴走《スタンピード》を壊滅させ、各地で幾多の伝説を残す仮面の魔法使い――《黎明の魔女》

王都でもその存在が確認され、王国魔法界では彼女に対する扱いを巡って、論争になっているという噂もある。

そんな《黎明の魔女》の正体こそ、遠い昔《黎明の賢者》と呼ばれていた幽霊さんの弟子であるフィーネなのだった。

変身魔法で身体を鳥の姿に変え、幽霊屋敷を目指す。

風魔法で起こした上空の風に乗って、一直線に幽霊屋敷へ。

（裏山があそこにあるから、幽霊屋敷は向こうの方角ね）

方角を見失わないように、目印と自分の位置関係に注意する。

頬を流れる風が心地良い。

幸い、今日は晴天で澄み切った空気のはるか先まではっきりと見渡すことができた。

異様な速さに驚く鳥たちを横目に、幽霊屋敷の屋根に降り立つ。

猫に姿を変えて、忍び足で人がいないことを確認。

久しぶりに訪れた幽霊屋敷は、以前よりさらに荒れ果てたものになっていた。

シオン様によっていろいろと悪事を暴かれ、混乱の渦中にいる叔父様と叔母様なので、辺境の屋敷の管理まで手が回っていないのだろう。

管理を担当している使用人も来ていないようで、その荒廃ぶりに少し寂しくなる。

（幽霊さんとの思い出もたくさんあるし、余裕が出来たら綺麗にしたいところだけど）

そんなことを思ったけれど、隣にいる幽霊さんにはもちろん言わない。

にやにやして、腹の立つ顔をするのがわかりきっているからだ。

『僕は向こうの方を見て来るよ』

「うん、私は書庫にいるから」

とはいえ、人がいないのは今のフィーネにとっては好都合だった。

猫への変身を解いて、仮面を付けた魔女の姿で書庫の本を漁る。

幽霊さんは少なくない数の魔導書を持っていたけれど、そのすべてをフィーネは二周以上読んでいる。

だけど今、改めて読み返して感じるのは自分がそれらの本についていくつもの誤解をしていたということだった。

大人になって読むと子供の時には気づけなかった奥行きやニュアンスに目が留まる。

（こんなに深みがある本だったなんて）

夢中になって読み進めた。

自分の成長も感じられて、それはなかなかに心地良い体験だった。

（この二冊は持って帰って読みましょう。今ここで目を通しておくべき本は——）

時間は限られている。

手際よく魔法関係の蔵書を再点検する中で、見えてきたのはひとつの可能性だった。

「ねえ、幽霊さん。この幽霊さんが作った魔道具——《星月夜の杖》って魔法を無力化するものなのよね」

『そうだね。そういうものとして作った』

「あらゆる魔法式の機構を無効化して強制的に魔法の機能を停止させる。これを使えば、幽霊さんにかかっている魔法を解除することができるんじゃないかしら」

『やっぱり君は優秀だね』

幽霊さんはため息をついて言う。

『僕の結論も同じだった。あの杖を使えば、僕にかかっている魔法を解除することができるかもしれない』

「だったら、使って試してみましょうよ。うまくいかなかったとしても、絶対新しい発見があるはずだし」

『簡単に試せるものだったらよかったんだけどね』

目をそらす幽霊さん。

「何か問題があるの？」

『僕の作った魔道具のうち、現存してるものは大抵いろいろと尾ひれがついて高名な人の所有物になってるんだよね。ほら、《ククメリクルスの鏡》みたいに』

「ロストン王国における三種の神器だっけ。たしかにすごい力を持った鏡ではあったけど――」

言いかけて、フィーネははっとする。

「もしかして、《星月夜の杖》も？」

『うん。三種の神器のひとつ』

幽霊さんは言った。

『王家所有の宝物だから、簡単に触れられるようなものじゃないんだ』


「王家所有の宝物って……」

幽霊さんの言葉に、フィーネは息を漏らした。

「どうしてそんなことになってるのよ」

『それはまあ、僕が優秀だからというか。あと、あの杖は僕の作った魔道具の中でも最高傑作のひとつでね。あの魔術機構は僕自身、どうしてあんな風に機能しているのかわからない。運が良かったとしか言い様がない出来なんだ』

「幽霊さん自身もわからないの？」

『うん、まったくわからない』

苦笑して言う幽霊さん。

「魔道具作りってそんな適当な感じで良いの？」

『むしろ、極めて高度だからこそ偶然の力を借りる必要があるって感じかな。挑戦的な構想の魔道具が設計したとおりに機能することは滅多にない。むしろ、何が出てくるのかわからないところに魔道具作りの面白みがあるんだ』

　幽霊さんは愛おしそうに目を細める。

『懐かしいな。仲間と一緒に何日も泊まり込んで、ああでもないこうでもないって試行錯誤を重ねてさ。当時は工房もまだ小さくて、お金もないからみんなぼろ切れみたいな服を着てて。三日に一回は魔道具が爆発して工房の屋根が吹き飛んで、大変だったよ。でも、あの頃が一番楽しかった』

　ここではないどこかを見ているような目だった。

　思い出の中にある美しい時間。

　幽霊さんにもそんな頃があったんだ、と思う。

「良いわね。楽しそう」

『結局、全部いらないって捨てちゃうんだけどね』

　低い声に少しどきりとする。

　鏡の中の白い世界で、幽霊さんはたしか裏切られたと言っていた。

　幸せな時間は長くは続かなくて。

　最後には、幽霊さんは人との関わりを捨てたいと思って自分に魔法をかけた。

　他の誰からも認識されなくなる、呪いみたいな魔法を。

フィーネはその理由を知りたいと思う。

だけど、簡単に聞いていいことではないと思う。

「一からもう一度《星月夜の杖》を作ることはできない？」

だから、そっと話の方向を変えた。

いつか幽霊さんが話したいと思ってくれたときに、全部聞けたらいいなと思う。

『難しいだろうね。あれが完成してから何度も再現を試みたけど、一度も成功することはなかったから』

「じゃあ、王宮に忍び込んでこっそり杖を使わせてもらうしかない、と」

『それこそ不可能でしょ。この国で最も警戒が厳しい場所だよ』

「そうとも限らないわ。王宮の中に入っても不審に思われない立場になれば――」

そのとき、脳裏をよぎったのは以前シオンが話していたことだった。

たしか、王国の宰相を務めるコルネリウス様が、フィーネの魔法技術に興味を持っているみたいなことを言っていた記憶がある。

「私が王宮で働きたいって言ってると、シオン様に伝えてもらいましょう」

『本当にやる気？　相手は王族だよ』

「同じ人間であることには変わりない。何より、バレなきゃ何の問題もないわ」

『絶対いつか痛い目を見るよ、君……』

幽霊さんはあきれ顔をしていたけれど、フィーネの胸は期待で弾んでいた。

自分の力で幽霊さんを実体ある姿に戻せるかもしれない。

少なくとも、その可能性がここにはある。

それがどんなにうれしいことか、この人はきっとわからなくて。

だけど、私は意地悪だから絶対教えてなんてあげないのだ。

大きく前進している感覚に目を細めつつ、読み終えた本を元の位置に戻す。

目的を果たして幽霊屋敷を出ようとしたそのときだった。

『フィーネ、ちょっと来て』

幽霊さんは船の舳先《へさき》で潮目を読む船頭みたいに真剣な顔で言った。

「何？」

『いいから』

そこにはどことなく切迫した響きがある。

後に続いて、屋敷の庭を奥へ進んだフィーネは息を呑んだ。

空気に混じるかすかな魔力の痕跡。

普通の人には感じ取ることさえできないそれを、フィーネの磨き上げた感知能力は拾い上げる。

熟練工が、指先で微少の差違を感じ取ることができるように。

「なにこの磨き上げられた魔力……」

『間違いなく一線級の魔術師だね。それも、搦め手系の魔法が得意な術者によるものであるように見える』

「シオン様の関係者……ではないわよね」

『術者は明らかにこの痕跡を隠そうとしている。関係者なら、そんなことをする必要はない』

「何者かが私を――探ってる」

首筋を冷たい汗が伝う。

「誰がどういう目的で探りを入れてるのかしら」

『わからない。でも、一番可能性が高いのは《黎明の魔女》関連じゃないかな』

「《黎明の魔女》の弟子として、調査されてると考えればたしかに筋は通るわね」

『あるいは、君が《黎明の魔女》なんじゃないかと疑っているのかも』

「まさか」

『ないとは言えないことを君が一番わかっている。違う?』

幽霊さんはじっとフィーネを見つめて続ける。

『君が《黎明の魔女》の弟子であるという情報は、シオンくんしか知らないはずだ。そして、ここまで質の高い魔術師を送り込める組織を考えれば相手が誰なのか答えは出る』

「……王宮にいる誰か」

『そういうこと。やっぱり、王宮の調査はやめた方が良い。危険だ』

幽霊さんの言葉は正しいと思う。

自分を心配してくれているのもわかる。

それでも、あきらめるという選択肢はなかった。

「虎穴に入らずんば虎子を得ずってね。面白くなってきたじゃない」

『まったく、君は……』

深く息を吐く幽霊さん。

『とはいえ、そう言うだろうことは薄々わかってたんだけどね』

「地位も権力も私には関係ない。正々堂々正面から迎え討ってやるわ」

フィーネは不敵に笑みを浮かべる。

ここに来た痕跡を丁寧に消してから、幽霊屋敷を後にする。

◇　◇　◇

「誰かが《黎明の魔女》を探っている、と」

シオンの言葉に、フィーネはうなずいた。

「そうみたいなんです。私の予想では王宮にいる誰かだと思うんですけど」

「王宮にいる誰か……」

シオンは顔を俯《うつむ》ける。

いくつかの可能性を点検する。

「探りを入れてみる」

「お願いします。状況を把握するため、私も王宮で働きたいんですができそうですか？」

「君が王宮で？」

「宰相様が評価してくださってるってお話でしたよね。ちょうどいい機会だと思いまして」

王宮の宝物庫にある魔道具を、こっそり使いたいという真の目的は内緒だ。

（失敗したら問題になる可能性もあるし、シオン様は巻き込まないようにしないと）

心の中で思うフィーネに、シオンは少しの間押し黙ってから言った。

「《黎明の魔女》の関係者である君が王宮で働くのはリスクもある」

「わかっています。でも、やりたいって私の心が言ってるんです」

気持ちが決まっていることを伝える。

シオンは、目を伏せてからうなずいた。

「わかった。伝えておく」


翌日、シオンは宰相であるコルネリウスにフィーネが働きたいと考えていることを伝えた。

「それはいいね。すぐに手配するよ」

宰相の反応は好意的なものだった。

採用のための面談の日時もすぐに決まった。

元々フィーネを勧誘していたわけだし、自然な反応だったように見える。

しかし、何かがひっかかるようにシオンは感じていた。

（この人は何かを隠している）

王宮内の関係者に話を聞き、悟られないように探りを入れる。

五賢人は王国において、特権的な地位を与えられていた。

現代魔法の技術力が向上し、優れた魔術師が単独で戦局を一変できる力を持つようになった現代。

国の安全を維持するために、傑出した力を持つ魔術師を確保するのは最重要事項になっている。

結果として、五賢人には職務上において多くの裁量権と自由を与えられていた。

王国に所属はしているものの、その関係は一般的な雇用関係に比べればずっと対等に近い。

だが、その一方でシオンには他にもしなければならないことが多くあった。
「シオン様、先日話していた救貧院の件で問題が」
「わかった。すぐに行く」
前当主ベルナールが残した負の遺産と黒いつながりの後始末。
休んでいる時間はほとんどない。
そういう生き方が彼には染みついていた。
彼は、幼い頃からずっとそうしていたから。
周囲の期待に応えることを強制された。
自分の意思を持つことは許されなかった。
彼は我慢することに慣れている。
時々、自分の気持ちが見えなくなるくらいに。
手がかりをつかんだのは、フィーネが王宮に面談に行く前日のことだった。
(五賢人に対する召集令状……)
シオンを除く四人に対して、秘密裏に令状が送られていた記録を発見する。
(どうして自分以外の五賢人を)
なぜ自分は何も知らされていなかったのか。

当主である父親が入院し、忙しい生活を送るシオンに配慮した結果である可能性もある。

だが、そこには何か別の理由があるように感じられた。

（いったい何を……）

◆　◆　◆

大王宮の最上階にある一室。

「進捗はどうだ」

国王陛下の言葉に、うなずいたのは一人の女性魔術師だった。

「順調に進んでおりますわ」

五賢人の一人、《花の魔術師》アイリス・ガーネット。

純白のブラウスに真紅のジャンパースカート。

花刺繍のヘッドドレスを揺らして微笑む。

「北部辺境の調査は非常に有益でした。今、私は《黎明の魔女》についてこの国で最も詳しい一人であると言えます」

自信に満ちた表情で続ける。

「とはいえ、いくつか問題もありますが」

「問題？」

怪訝な顔で言った国王陛下にアイリスはうなずく。

《焔の魔術師》は『戦が決まったら呼べ』とのメッセージを残して音信不通。《水の魔術師》は『人間は怖いので行けません。ごめんなさい』と家の中から一向に出てきません。《風の魔術師》は乗り気ですが、絶望的に性格が悪いので手綱を引くだけで一苦労。心労がたたって私は三キロ体重が増えました」

「……すまない」

「構いません。この国の人々のために働くのが私の使命なので」

そのとき、響いたのは別の誰かの声だった。

「傷つくわぁ。陰口は性格悪いんちゃう、姐さん」

音もなく現れたのは針金細工のように細身の男だった。

どこか不気味で異質な魔力の気配。

《風の魔術師》ウェズレイ・フリューゲル。

挑発するような口調に、アイリスは肩をすくめる。

「陰口ではありません。聞こえるように言ってるので。あと、貴方の姉になったつもりはありませ

ん」

「固いこと言わんでよ。ボクと姐さんの仲やん」

「ほとんど関わりないですからね。まったく」

ため息をついてから、アイリスは言う。

「懸念材料がもうひとつ。《氷の魔術師》に気づかれました。彼は《黎明の魔女》に肩入れしているようなので、何らかの形で動いてくる可能性があります」

「そんなん問題でもなんでもないよ。今のシオンくん、弱なってるもん。対処の仕方はいくらでもある」

「そう簡単にいくとは思いませんが」

「見解の相違やね。まあ、見といてや」

ウェズレイは国王陛下に向き直って言う。

「お任せ下さい、国王陛下。《黎明の魔女》の正体はボクが全部暴いて晒《さら》して見せます」

◇　◇　◇

ロストン王国王都の中心にある大王宮は、荘厳《そうごん》で絢爛《けんらん》な古典主義様式の建物と美しい庭園で知られている。

公爵家の馬車で王宮に到着したフィーネは、待っていた騎士に案内されて面接を受けることになった。

王宮で働く文官らしき五人が、テーブルに並んで質問を投げかけてくる。

しんと冷えた空気。

そこにはどことなく敵意のようなものが感じられる。

(宰相様に勧誘されて来てるわけだし、もっと歓迎されてると思ってたけど)

どうやらそういうわけでもない様子。

おそらく、フィーネが王宮で働くことを快く思っていない人もいるのだろう。

王立魔法大学で評価され話題になったとは言え、学歴も職歴もまったくないのだから疑いの目を向ける人がいるのは自然なことなのかもしれない。

辺境の屋敷で幽閉され、人とほとんど関わることなく育ったフィーネだが、失敗した経験もない分、面接に苦手意識はなかった。

どんな相手だろうと最悪喧嘩になれば殴り勝てる自信がある。

だったら何を恐れる必要があるだろうか。

野山のボス猿のような特殊な思想を胸に、堂々と質問に答えていく。

フィーネの受け答えは、文官たちが想定していたよりも好ましいものだったのだろう。

好意的な感触と手応えを感じつつ、面接を終えて王宮を歩く。

お昼の休憩が始まる頃だったようで、働いていた人たちはうんと伸びをして昼食の準備をしている。

(シオン様に会いに行ってみようかしら)

そう考えると、なんだか顔が熱くなってしまう。

心臓によくないし、やっぱりやめておこうと歩きだしてから、足を止めた。

(働いてる姿、ちょっと見てみたいかも)

いったいどんな風にお仕事されているのだろう。

世間に疎いフィーネなので、そうしたことへの興味は普通の人以上に強い。

(お忙しいだろうし、迷惑かしら。でも、今はお昼休憩の時間のようだし、ちょっとくらいなら大丈夫かも)

「すみません、少しお尋ねしたいのですが」

かすかな期待と不安を胸に、通りがかった使用人さんに声をかけてみた。

「シオン様は大変お忙しい方なので、お取り次ぎすることはできません。申し訳ありませんが、何か特別な事情がないと」

そこで使用人さんは何かに気づいたような顔をした。

「もしかして、フィーネ・クロイツフェルト様ですか？」

「そうですけど」

「やはりそうでしたか。第二王子殿下のパーティーでお見かけしまして。あれは本当に素晴らしい魔法でした」

なるほど、あのときの余興でフィーネを見て顔を覚えてくれていたらしい。

「楽しんでいただけたみたいでよかったです」

うれしく思いつつ言葉を返す。

「シオン様は今、外出されているはずです。お戻りは午後四時頃の予定だったかと」

「午後四時ですか」

タイミングが悪かったようだ。

どうやら、お話はできそうにない。

「もしかしてシオン様と近い関係の方ですか？」

気になって言ったフィーネに、使用人さんは首をかしげた。

「どうしてですか？」

「ご予定を細かいところまでご存じのようだったので」

使用人さんは口元をゆるめて言った。

「とんでもございません。ただ、五賢人の方の動向は王宮内における重要事項のひとつなので」

「重要事項？」

「現代において、突出した魔力と高度な魔法技術を持つ魔術師は、他の兵種をはるかに超える絶大な力と影響力を持つ存在になりつつあります。国同士の戦争は既に、どれだけ力のある魔術師を確保できるかで決着するものになっていると言っても過言ではない。そのための囲い込み政策として、五賢人という制度ができました。しかしその反面、皆さん自分の意思が強く、真面目に働いてくださらないことも多くて……」

「囲い込みたいと求められている分、立場が強いのですね」

「予定されていた仕事の場所に現れなかった際に、我々使用人が『どこかで見なかったか』と聞かれることも多いんです。プロフェッショナルとして求められる仕事は十全に果たしたいですから」

「それで、予定と動向を把握している、と」

職業人として立派で尊敬できる姿勢だと思った。

王国の中心である王宮なので、使用人さんたちの中でも際だって優秀な人材が集まっているのかもしれない。

「シオン様もサボったりするんですか？」

そういうイメージはないけれどどうなのだろう、と気になって聞くと、使用人さんは小さく首を振って目を細めた。

「シオン様に限ってそれはありません。五賢人になっても常に手を抜かず励んで下さっています。《花の魔術師》アイリス様と同じで我々にとっては本当にありがたい存在なんです。その分、他の方よりも負担が大きくなってしまっているとは思うのですが」

元々時間がある限り働くのが習慣になっている上、環境的にも仕事量が増えやすくなってしまっているのだろう。

クロイツフェルト家のお仕事も多いようだし、無理していないといいのだけど、と少し心配になる。

「いろいろ教えてくださってありがとうございました」

一礼して使用人さんを見送ってから、壁にかけられた時計を見つめる。

公爵家の馬車が、王都での用事を終えて迎えに来るまで少し時間があった。

中庭のベンチに座って、売られていたパンを食べて時間を潰す。

昼過ぎの日差しは眩しく透き通って感じられた。

揺れる白い花の間を水色の蝶がひらひらと舞っている。

「なあ、お嬢ちゃん。ここ座っていい？」

声をかけてきたのは気さくな印象の男性だった。

黒髪のその人は気だるげな顔で私を見つめている。

「いいですけど」

「助かるわ。実は昨日の夜、一睡もしてなくてな。調べ物を始めたら面白くて止まらなくなってしもうたんよ。まったく、勢いに身を任せるのは良くないね。お嬢ちゃんも気をつけた方がいいよ」

なんだか不思議な雰囲気を纏った人だった。

一見人懐っこい感じだけど、どこか冷めているようにも感じられる。

「何を調べてたか気になる？」

「いえ、まったく」

「つれへんなぁ。ボクは君にすごく興味があるのに」

「私に興味？」

「《黎明の魔女》って知ってる？」

どきりとした。

思わず顔を上げる。

男性はにっこり目を細めて私を見ている。

（落ち着け……冷静に対処しないと）

内心の動揺を鎮めつつ言葉を返す。

「ええ。知ってますけど」

「そうなんや。どこで知ったの？」

「なんだか話題になってるという話だったのでなんとなく」

「悪くない答えやね。でも、そういうのはやめた方がいいよ。嘘をついてたら本当の意味で相手と親しくはなれないから」

まるですべて見透かしているかのような口調だった。

この人は何かに気づいているのだと推測する。

「そう言われても……本当のことをお伝えしているので」

「そうやろか。ボクにはそれが本当とは思えんけど」

「私に答えられる真実はこれだけなので」

「君、《黎明の魔女》やろ？　違う？」

背筋に冷たいものを感じる。

身体が汗ばみ、心臓の鼓動が速くなる。

「そんなわけないじゃないですか」

「表情硬いで。それじゃボクの目は欺《あざむ》けん」

確信を持った口調。

しかし、だからこそフィーネはそこに嘘の気配を感じた。

自分を動揺させるための演技であり、本当に確信があるわけではないと判断する。

だってそうじゃないなら、こんな風に試すようなことをする必要もない。

「違います」

はっきりとした口調で言う。

針金細工のような体躯《たいく》の男性はじっとフィーネを見つめた。

その裏側にある何かを見通そうとするかのように。

それから、静かに口角を上げて続けた。

「なら、こういうのはどうやろう。ほら、そこで花の手入れしてる庭師がいるやろ」

男性は中庭の向かい側で、背を向けている庭師の後ろ姿を指さす。

「ボクはこれからあの庭師を殺す。一切の慈悲なく不条理に命を奪って、この世界から消す」

「何を言って……」

「果たして、正義の魔女さんは保身のために罪のない人の命を切り捨てることができるんやろか？」

男性の手元で魔法式が起動する。

フィーネは即座に魔法式を起動した。

「やっぱり《黎明の魔女》なんやね」

「これくらいは私でもできるというだけです。魔術師フィーネ・ウェストミースをなめないでください」

男性の魔法式から放たれる風の刃を、フィーネの電撃魔法が撃ち落とす。

「あくまで自分の力として対処する、と。悪くないアイデアやけど、それで止められるほどボクは弱くない」

風の刃が勢いを増す。

その魔力の気配と魔法式精度にフィーネは息を呑んだ。

(止められない……!)

可能性があったとすれば、後のことを考えず自分の全力で彼を止めるしかなかったのだろう。

しかし、ほんのわずかな時間でフィーネはそれを選ぶことができなかった。

かすかな迷いと逡巡が致命的だった。

フィーネが撃ち漏らした風の刃が庭師さんに殺到する。

無防備な首筋。

彼は迫る死に気づいてさえいないのだ。

すべてがスローモーションに見えた。

どうにかしないといけなくて。

だけど、すべては既に手遅れで。

鋭利な風の刃は、人体をゼリーのように切り刻んだ。

「判断ミスや。君のせいであの人は死んだ」

広がる凄惨《せいさん》な光景に、思わず息を呑んだそのときだった。

「あまり良い趣向の歓迎とは言えませんね」

突然現れたその魔術師は、フィーネより年上の女性だった。

気品ある真紅のジャンパースカート。

花刺繍のヘッドドレスが印象的な彼女は、ティーカップの紅茶を一口飲んで言う。

「あるいは、貴方らしい悪趣味で品のないやり方だとお伝えした方がよろしいでしょうか」

「良いやろ。幻影魔法で錯覚させているだけやから誰も傷つかんし」

刃の先にいた庭師さんの姿が消えている。

知らない間に、魔法で認識を操作されていたのだと気づく。

「彼女が傷つくでしょう。そんなことだから《風の魔術師》は人の心がないと言われるのですよ」

世情に疎く、王国魔法界のことについてはほとんど知らないフィーネだが、その名前については聞いたことがあった。

《風の魔術師》ウェズレイ・フリューゲル。

五賢人の一人である王国最強の風属性魔術師。

「見解の相違やね。人の心がないのは良い魔術師の条件やとボクは思う」

「そんな風に言ってるから一人も友達がいないのですよ、貴方」

「寂しいから友達になってや、姐さん」

「一人で生きて一人で死んでください」

「人の心ないわ、この人」

「ええ。良い魔術師なので」

澄まし顔で言う女性魔術師。

「まあ、今日のところはこの辺にしとこうか」

《風の魔術師》は目を細めて言う。

「また話しに来るから、そのときは相手してな、フィーネちゃん」

強い風が吹き抜けて目を閉じる。

目を開けたそのときには、彼の姿は消えている。

「大丈夫ですか、フィーネさん」

女性魔術師さんの言葉にうなずく。

「助けてくださってありがとうございました」

「いいえ、むしろ謝らないといけないくらいです。あれでも一応後輩ではありますからね。躾《しつけ》ができていないのはこちらの不手際と言われても仕方ないですから」

「躾って」

冗談だと思って笑ったけれど、女性魔術師さんは笑わなかった。

何かを観察するようにじっとフィーネを見てから言った。

「でも、よかったです。貴方とは一度お話ししてみたかったので」

「私とですか?」

聞き返したフィーネに、女性魔術師さんはうなずく。

「自己紹介が遅れましたね。私はアイリス・ガーネット。五賢人の一人、《花の魔術師》です」

(どうしてこんなことになっているのだろう)

中庭のベンチに腰掛けたフィーネは、手の先にあるティーカップを見下ろして思う。

隣では《花の魔術師》アイリスが優雅な所作で紅茶を飲んでいた。

ベンチの端に、陶器のティーセットが置かれている。

王国魔法界の頂点に立つ五賢人。

仕事の面接に来ただけなのに、なぜかその一人に《黎明の魔女》ではないかと疑われ、もう一人と肩を並べて紅茶を飲んでいる。

（というか、なんでティーセットを持ち歩いてるんだろう、この人）

聞きたいことはたくさんあったが、聞いて良いものかもわからない。

何せこの人は王国の要人であり、シオンの同僚なのだ。

下手なことをして嫌われてしまったら、彼にも迷惑をかけてしまうかもしれない。

（とにかく無難に。無難にやり過ごそう）

心の中で思うフィーネに、アイリスが言う。

「お味の方はいかがですか？　飲みづらければお砂糖とミルクもありますが」

「おいしいです。苦みと甘みがちょうどいい感じというか」

「ふむ。紅茶のお味がおわかりになるのですね」

透き通った瞳には感心の色がある。

「この世界には二種類の紅茶があります。価値のある紅茶と価値のない紅茶。私は私個人の持つ狭量かつ強固な偏見をもってこの二つを区別することにしています。何かを選ぶということは他の何かを選ばないということ。私たちは暴力的かつ残酷な選択の連続の中に生きているのです。貴方ならこの意味がわかると思いますが」

（まったくわからない……）

困惑するフィーネに目を細めてから、アイリスは言った。

「本題に入りましょう。規格外の力を持つ魔術師――《黎明の魔女》が王都に潜んでいるのではないかという話があります。目的はわかりませんが、王国にとって脅威になる可能性がある。国王陛下は私と《風の魔術師》、他にも百名近い関係者にその動向と正体を探るように指示を出しました」

アイリスは静かにフィーネを見て続ける。

「そして《風の魔術師》は、貴方が《黎明の魔女》ではないかという疑いを持っています。北部辺境で育ち、突出した魔法技術を持っている。《黎明の魔女》が追っていたベルナール卿とも関わりがあった」

「誤解です。その、まったく関係がないと言えば嘘になりますけど」

それらしい理由を何も言わずにごまかすのは、無理筋であるように感じられた。

（シオン様に話した嘘の設定を使いましょう）

フィーネは頭の中でシオンとの会話を思いだしつつ伝える。

「秘密にするよう言われているのですが、私はあの人の弟子だったことがありまして」

「その話なら存じています。シオンくんに話していますよね」

「彼から聞いたんですか？」

「いえ、彼は《黎明の魔女》についての情報提供を拒んでいました。救われた恩があるから、と。それが理由で今回《黎明の魔女》捜索の任からは外されているのですが」

「では、どうして？」

「ある方が情報を提供してくださいました。もっとも、私たちはそれほど多くのことを知っているわけではありません。知らないからこそ、彼女を警戒し、その動向を注視しているわけですが」

アイリスはフィーネを見て言う。

「よろしければ、《黎明の魔女》について教えてくださいませんか」

かすかに喉の奥が乾くのを感じる。

心を落ち着かせ、今自分がやるべきことを考える。

（シオン様に話したように、弟子として見てきたという体《てい》でそれらしい情報を提供しましょう）

一度経験しているから、出すべき情報は整理できている。

フィーネが話した言葉を、アイリスは丁寧に手帳に書き写していた。

内容についていくつか質問もされたが、ひとまずは矛盾がなく自然な証言を形にすることができたと思う。

「なるほど。とても興味深いお話でした」

アイリスは手帳を閉じて言った。

「すみません。私もあの人のことについては知らないことの方が多くて」

「いえ、十分以上のものをいただきました。明日もう一度北部辺境に向かってみようと思います」

確認するように手帳に視線を落としてから、顔を上げる。

「お返しと言ってはなんですが、今日貴方が受けた面接について、秘密のお話を少しお教えしましょう」

アイリスは周囲を確認してから、小声でフィーネに言う。

「貴方を面接した五人の文官。彼らは貴方のある事柄に対する資質を見極めることを目的としてあの場にいました。結果は悪くないものだった。コルネリウス様はおそらく、貴方にある仕事を任せるのではないかと思われます」

「ある仕事?」

「危険を伴う仕事です。しかし、あの方はその危険性について貴方に話さないでしょう。私がお伝えしたいのはひとつだけです。見かけの良い言葉に流されないように。その裏側にあるものを探る注意深さを大切にして下さい。深い森の中で迷子にならないように」

アイリスは、何か大切なことを伝えようとしている気がした。

この人がどこまで信用できるのかわからないけれど、ひとまず胸に留めておくことにする。

「近頃は何かと騒がしいですからね。絶大な権力を持っていたベルナール卿が失脚し、この国の貴族社会における力関係は大きく変わろうとしています。いつ何が起きるかわかりません」

アイリスはそれから、思いだしたみたいに言った。

「ひとつ聞いておきたいのですけど、貴方は《黎明の魔女》なのですか？」

突然の問いかけだった。

不意を突かれつつも、なんとか自然に見えるように言葉を返す。

「違います。そうお伝えしたと思いますが」

「念のための確認です。弟子だというお話はたしかに筋が通っている。しかし同時に、こうも思うのですよ。貴方が《黎明の魔女》だとすれば、いろいろなことについてよりシンプルに筋が通る。本当に貴方は《黎明の魔女》の弟子なのでしょうか？」

フィーネは何も言わなかったが、アイリスさんはそもそも返事を求めていないようだった。

「いずれにせよ、私は貴方に興味を持っています。今日はただ、そのことを個人的にお伝えしたかったのですよ」


「めちゃくちゃ疑われてたわ……」

帰宅後、自室に戻ったフィーネはげんなりした顔で幽霊さんに言った。

自分が《黎明の魔女》の正体なのではと疑われていること。

交わした言葉について、その概要を幽霊さんに話す。

『なるほど。北部辺境で育ち、高度な魔法技術を持っていて、ベルナール卿とも関わりがあった。疑うなという方が無理な話か』

「しかも、相手はこの国トップの魔術師二人。気を抜いていたのもあるけど、気づいたら幻影魔法をかけられてたし」

『あー、君ってそういう類いの魔法への対処は苦手だもんね』

「ついついかかってしまうところがあるのよね。どうしてだろう。人がいいからかしら」

多分、単純な性格だからじゃないかな、と幽霊は思ったが口には出さなかった。

「あと、小細工されたところで正面から思いきりぶっ飛ばせばそれで解決できたし」

発想がボス猿以外の何物でもない、と幽霊は思ったが口には出さなかった。

『大丈夫？　次からは僕も着いて行こうか？』

「ううん、このことについては私に任せてほしい。いつまでも幽霊さんに着いてきてもらっているようじゃ、本当の意味で大人になれないしね。あと、幽霊さんが実体に戻ったらそういうこともできなくなるわけだし」

『だけど、相当の手練《てだ》れが相手みたいだし』

「一筋縄ではいかないでしょうね。でも、幽霊さんは知ってるでしょ？」

フィーネは不敵に目を細めて言う。

「私、壁は高いほど燃えるタイプだから」

その姿は幽霊の目に、とても頼もしく映って。

同時に、寂しいという感情が自分の中にあった。

ずっと一緒にいて、守ってあげたいと思っていた少女が自分の手から離れていこうとしている。

行かないでほしいと思ってしまう自分がいる。

このままずっと頼ってくれて良いのに、とわがままなことを言いたくなる自分がいる。

だけど、手を離さなければいけないのだと思う。

一番大事なことを間違えてはいけない。

この子が幸せな人生を歩むことが何よりも大切なことだから。

だから、幽霊はその気持ちを口には出さないことを選ぶ。

『わかった。君に任せるよ。でも、ひとつだけ忘れないで』

「何？」

『僕は何があっても君の味方だから。世界中すべての人が敵になったとしても、僕は絶対に君の側に立つ。そういう人がいることを忘れないで』

「うん」

フィーネはうなずく。

少しの間俯いてから言う。

「実体に戻ったらダンスをしましょう。手と手を取り合って一緒にくるくる回るの」

『僕、ダンスなんてしたことないけど』

「私もないわ。でも、見よう見まねでいいじゃない？　それでも絶対楽しいと思うの」

『たしかに。すごく楽しそうだ』

「筋肉痛で次の日動けなくなるくらい思いきり振り回してあげるから」

『お手柔らかに頼むよ』

苦笑する幽霊に、フィーネは言う。

「私、幽霊さんの娘でよかったって思う」

それから、自分の言葉に驚いたみたいな顔をする。

そんなことを言うつもりなかったのかもしれない。

「ま、まあ、そういうことだから」

ぷいと背を向けて、部屋を出て行く。

扉を閉めるときに、赤くなった耳が目に留まる。

それは彼女がいなくなった後も、瞼《まぶた》の裏に残っている。

幽霊は幸せの余韻を大切に反芻《はんすう》している。

◆　◆　◆

その夜、王宮の執務室で《風の魔術師》――ウェズレイは《黎明の魔女》の資料を読んでいる。

不意にノックの音が響く。

レッドオークの扉を叩くその音は重たく、どこか怒りの気配のようなものを含んでいる。

ウェズレイは少しだけ口角を上げてから言う。

「どうぞ」

部屋に入ってきたのは、《氷の魔術師》――シオン・クロイツフェルトだった。

「珍しいね、シオンくんが訪ねてくるなんて」

軽い口調でウェズレイは言う。

「どしたん？　先輩に相談とか？」

シオンは眉根ひとつ動かさなかった。

氷像のような無表情で言った。

「フィーネと話したそうですね」

「え、嫉妬？　かわいいとこあるやん、シオンくん。そんな気はないから安心して。ただ、ちょっとお話を聞きたかっただけやから」

「尋問していたと聞きました。幻影魔法まで使ったと」

「使ったかも知れんね。それが何？」

シオンは、ウェズレイの首元を摑んだ。

そのまま彼の背後の壁に叩きつける。

壁に掛かった絵画が、ウェズレイの背中に当たって軋《きし》んだ音を立てた。

「怖い怖い。元気ええね、シオンくん。良いことでもあった？」

「なぜ怒っているのか。貴方はわかっているでしょう」

「そやね。シオンくんは身内に優しいから。奥さんのことも大切に思ってるもんね。親や親族とはうまくいってなくて、その代償行為かなと推測してるんやけど合ってる？」

「わかったようなことを言わないで下さい」

「わかるよ。何せ育ての親があのベルナール卿やもん。その上、お父さんもお母さんも助けに来てくれなかった。本当はずっと恨んでるんやろ。そして、それ以上に不安に思ってる。両親は自分を愛していなかったんじゃないか。自分は誰にも愛されないんじゃないか、と」

シオンは腕に力を込める。

壁が軋み、額縁が割れる。

ウェズレイは浅く呼吸をしながら続ける。

「大丈夫。君はみんなに好かれてるよ。でも、君はそれを信じることができない。また失うんじゃないかとどこかで思っている。君の心には穴が空いている。割れたガラスのコップみたいに、どんなに水を注いでも埋まらない不安があるんやね。だから、君はずっと一人で誰ともわかりあうことはできない。怖くて、本当の自分をさらけ出すことができないから」

壁が軋んだ音を立てる。

ウェズレイの呼吸に隙間風のような音が混じる。

「失うのが怖いから近づくことを避ける。安心して。君のその癖は一生治らんよ。だから君はずっと一人やし、誰とも心からわかりあうことはできない」

「貴方に何がわかるんですか」

「わかるよ。シオンくんとボクは同じ穴の狢《むじな》やもん」

ウェズレイは口角を上げて続けた。

「友達がいない者同士仲良くしようや。ボクらはずっと一人でこの地獄のような世界を生きていかないといけないいんやからさ」

「フィーネを傷つけたら、絶対に許さない」

「怖い怖い。わかった、気をつけるわ」

シオンは冷たい目でウェズレイを見てから、背を向ける。

扉が閉まる。

残された部屋の中で、ウェズレイは呼吸を整える。

つかまれ、赤く染まった喉元に手を添える。

指先に冷たいものが触れる。

襟首が凍り付いていることに気づく。

(魔法の制御できなくなってるやん、あのシオンくんが)

それはウェズレイにとって純粋な驚きだった。

フリューゲル侯爵家に生まれ、幼い頃からシオンを知っているウェズレイからすると、到底信じられることではない。

機械のような無表情で、淡々と魔法式を起動し続ける。

感情と魔法の制御はシオンの最も得意とする分野だったはずなのに。

(よっぽどあの子のことが好きなんやね)

ウェズレイは静かに笑みを浮かべた。

（なかなか面白くなってきたやん）

王宮内にある自らの執務室でシオンは深く息を吐く。

ウェズレイの言葉は、シオンの心に少なくない動揺を与えていた。

その中にいくらかの真実が含まれているように感じられたから。

自分自身も気づいていなかった――気づかないようにしていたものがそこにはあったように感じられた。

『失うのが怖いから近づくことを避ける。安心して。君のその癖は一生治らんよ。だから君はずっと一人やし、誰とも心からわかりあうことはできない』

そうかもしれない、と思う。

近づきたいという思いが自分の中にはあって。

だけど、それを押さえつけるのが習慣になっていた。

その願いは叶わない、とシオンは感覚的に学習してしまっている。

祖父の家が嫌で、どこにも居場所がなくて。

迎えに来てほしいと膝を抱えていた幼い頃の自分。

誰も助けてはくれなくて。

期待が自分を苦しめることを知った。

だから、人に期待することをやめた。

それはこの世界を生き抜くためのひとつの技術として有用で。

だけど、自分はそれにあまりにも慣れすぎてしまっている。

誰かに心の体重をかけるのが――怖い。

捨てられるんじゃないか。

誰も自分を求めてはくれないんじゃないか。

不安と恐怖が心の底にこびりついている。

その感覚は、心の中にいる人が助けられた《黎明の魔女》からフィーネになったことで、さらに強さを増していた。

叶わないいんじゃないかとどこかで感じていたからこそ、《黎明の魔女》には安心して心の体重をかけられたのかもしれない。

遠かったからこそ安心できた。

その現実感のなさに救われていた。

だけど、フィーネは違う。

会うことができる。

話すことができる。

そこには、同時に責任が伴う。

自分の行動によって傷つけてしまうかもしれない。

離れて行ってしまうかもしれない。

失ってしまうかもしれない。

だからこそ、怖い。

どうしようもなく一人だと感じている。

『安心して。君のその癖は一生治らんよ。だから君はずっと一人やし、誰とも心からわかりあうことはできない』

聞こえる誰かの声に、強く右手を握る。

爪が肌に赤い跡を作る。

◇　◇　◇

その日は日曜日で、ハグの儀式が行われる日だった。

うっかり関節技をかけてしまって大失敗したあの日から、フィーネは隠れてこの日のために練習に励んでいた。

「こっちの方が痛くないかしら」

真剣な顔で身体を動かすフィーネに、幽霊さんが言う。

『何してるの？』

「痛くない関節技の練習。シオン様に痛い思いはさせたくないから」

『関節技を出さない練習をすれば良いのでは？』

「それでうまくいけばどんなによかったか……」

フィーネは少しの間押し黙ってから言う。

「したわよ。してみたわよ。その結果があの二回目のハグの儀式。幽霊さんも覚えているでしょう。目も当てられないあの惨劇を」

『うん。感動するくらい綺麗な関節技だった』

「自分が抑えられないの。シオン様の身体硬くてゴツゴツしてるし、石けんの匂いがふんわりしたりするとくらくらして気づいたらやっちゃってるっていうか」

『それで関節技が出る理由がわからないんだけど』

「そんなの私にだってわからないわよ。ただ、頭が真っ白になって、なんとかして自分を護《まも》らなきゃって感じになるというか」

『なるほど。つまるところ照れ隠しだ』

「フィーネぱんち！」

理不尽な暴力が幽霊を襲ったが、実体がないので拳は空を切った。

くすくすと笑う幽霊に唇を噛む。

「実体に戻ったら覚悟しておきなさい」

絶対に実体に戻してやるんだから、と思う。

こうして迎えたハグの日だったが、夕食の場にシオンの姿はなかった。

「外せないお仕事が入ってしまったそうで」

執事さんの言葉にほっとしたような、少しだけがっかりしたような複雑な気持ちになる。

(ってなんでがっかりしてるの、私)

どこかでうれしく思っている——したいと思っている自分がいるのだろうか。

なんだか顔が熱い。

気づかれませんように、と願いつつスープを口に運ぶ。

◆　◆　◆

「緊急の案件だ。ベルナール卿の残したものを利用してその後釜に座ろうとしている者がいる」

コルネリウスの言葉に、シオンは身体の奥で何かが脈打つのを感じた。

絶対に許してはいけない。

徹底的に破壊し、跡形もなく消し去らないといけない。

その日は日曜日だった。

好きな人と一緒に食べる夕食とハグの儀式。

楽しみにしていた。

その時間のために生きていたと言っていい程度には。

しかし、それでも行かないといけないと思った。

自分の血に混じる汚れたもの。

祖父の残した負の遺産。

最悪の場合、クロイツフェルト家全体が被害を被《こうむ》る可能性がある。

自分一人なら、構わないと言えただろう。

しかし、フィーネがいる今は看過することができない。

没落すれば、その過程で彼女を傷つけてしまう。

醜聞《しゅうぶん》が飛び交う社交界。

貴族の陰湿さと残酷さをシオンは知っている。

「詳細を聞かせて下さい」

「主導している人物についてはほとんどわかっていない」

コルネリウスは言う。

「現時点で判明していることは二つ。ひとつはこの国でもかなり高い地位にある貴族男性であること。もうひとつは、《薔薇の会》の関係者とつながりがあること」

「《薔薇の会》……」

その会の名前をシオンは知っていた。

高い身分の貴族男性を夫に持つ貴族女性の社交場。

王宮の中心にある離宮で行われるその会合に出席することは、貴族社会においてはひとつのステータスだった。

「関係者とつながりがある、ということは身内に《薔薇の会》参加者がいると？」

「そう考えるのが自然だとは思う。もっとも、現時点ではあくまで推測でしかないが」

「わかりました。可能性のある者を絞り込み、周辺を徹底的に探ります」

「大丈夫か？　君は既に相当量の仕事を任されているだろう」

コルネリウスの言うとおりだった。

ベルナールが残した悪行の後始末と、入院中の父に代わって行っている公爵家内での仕事。

加えて、五賢人の中で最も多くの仕事をこなしているシオンは、常人からすると異常な量の仕事を抱えている。

自傷するように仕事をこなしていた名残と習慣。

ただでさえ、家に持ち帰った仕事を深夜まで続けるのが日常だったのだ。

これからは夕食を彼女と食べる時間を作ることもできなくなるだろう。

それは、シオンにとって唯一と言っていい癒やしの時間だった。

やらないといけないことを山のように抱えている彼が、たったひとつだけ心から望んでいること。

しかし、それも手放さないといけないときが来ているのだと思う。

自分には汚れた血が流れている。

楽しむことが許される人間ではない。

祖父の悪行の責任を取らなければいけない。

同時に、胸の中にあるのは少しの寂しさ。

(彼女と過ごしたいと思っているのは俺だけだろうから)

元々口下手な上、近くにいると意識してしまってうまく話せなくなってしまうことも多い自分だ。

彼女と話した後はあそこであぁ言っておけば、なんて反省することばかり。

話し方や話題の振り方など、仕事の合間に勉強はしているのだけど、人付き合いの経験が乏しい自分にはうまく理解できないことも多い。

『他の人間はこんなに複雑なことを考えているのか……？』なんて悲しき仕事モンスターみたいに思う日々。

残念ながら、なかなか改善の余地は見えずにいる。

それでも彼女と過ごす時間は、他に何もないシオンにとって何よりも価値のあるものだった。

彼女が自分のことを好きじゃなくてもいい。

見ているだけでもいいから。

失いたくない。

傍にいたい。

そのために、祖父の残した負の遺産はこの世から完全に消し去らないといけない。

（この仕事は、俺が絶対にやらないといけないことだ）

それから、シオンは夕食時に家に帰ってこなくなった。

（……私、何かやっちゃったかしら）

シオンのいない夕食の後、フィーネは自室で考えていた。

なぜシオン様は帰ってこなくなったのか。

重要な仕事を任されたと執事さんは言ったが、本当は別の理由があるのではないかと考えてしまう。

もしかして避けられてる？　と思ったフィーネは自分の行いを振り返ってみた。

好き避け。

続かない会話。

関節技。

（心当たりしかない……）

元来、大雑把でメンタルが強いフィーネだが、田舎の幽霊屋敷で幽閉されていたため人間関係における経験値は少ない。

自分では答えが出せないと判断したフィーネは、幽霊に相談してみた。

「避けられてるような気がするんだけど、どう思う？」

『気のせいじゃないかな。本当に忙しいんだと思うよ。外から見える以上に、彼は君のことを大切に思っているように感じるし』

幽霊はうなずきつつ言ってから、低い声で続ける。

『とはいえ、これはちょっとよくないなシオンくん。うちのフィーネを不安にさせるなんて。父親として見過ごすわけには行かない。早急に改善してもらう必要がある』

「いや、少し寂しいってくらいでそんな大げさな話じゃないし」

『寂しい思いをさせてる時点で大問題です。説教してやらなきゃ。これはもう、枕元に立って朝までお経のように『フィーネにかまえシオン』と繰り返して――』

「お願いだからやめて」

めんどくさいお父さんみたいになった幽霊さんを全力で押しとどめる。

そんな日々の中で、王宮から採用が決まったという旨が届いたのは、面接を受けてから一週間後のことだった。

幽霊さんを実体に戻すために必要な、王家が所有する魔道具。

近づくためにひとまず、王宮内への潜入に成功したことになる。

文面には仕事の詳細を伝えたいから王宮に来てほしいと書かれている。

承諾の返信をして、提案された期日に王宮へと向かった。

真紅の絨毯を歩く。分厚いローズウッドの扉が開く。

豪奢《ごうしゃ》な待合室に通される。

「詳細はコルネリウス様がお伝えになります。しばしの間、こちらでお待ちください」

執事さんは聡明な猫のように一礼して部屋を出て行く。

黒曜石のテーブル。ほのかに湯気を立てる紅茶を飲みながら、思いだしていたのは《花の魔術師》アイリスの言葉だった。

『コルネリウス様はおそらく、貴方にある仕事を任せるのではないかと思われます』

ここまでは彼女の言うとおりだった。

面接の時とは違い、宰相様は自らの言葉でフィーネに仕事の内容を伝えようとしている。

そこには何らかの重大な意味が含まれているように感じられる。

「ありがとう。よく来てくれたね」

十分後、通された執務室で向かい合った宰相様は、物腰がやわらかく気さくで話しやすい人であるように感じられた。

「噂は兼々伺っているよ。ずっと話してみたかったんだ。シオンは照れがあるみたいで君のことを全然話してくれないからね。彼とは最近どう？」

「すごく良くしていただいています。ただ、お忙しいみたいで最近はあまりお話しできていないのですけど」

「それはよくないね。あいつは昔から仕事中毒でさ。自分のことより仕事を優先するのがくせにな

ってるんだ」

「そう言えば、シオン様の趣味とか遊んでる姿を見たことがない気がします」

「寂しいやつなんだよ。社交パーティーでも気づいたらみんなと離れて一人でいるし」

「幼なじみのレイラ様にもそんなことを言われていたような」

「不器用で孤独癖なんだよねえ。人間は生まれてから死ぬまで一人とか思ってるタイプだ」

「その気持ちは私もちょっとわかりますけど」

「君も一人が好きなタイプ？」

「一人の時間も楽しまないと勿体ないと思ってます」

「それは素敵な考えだね」

彼の声は心地良く、導かれるように会話が弾んでいる。

適切な相づちと時折挟まれる紳士的な褒め言葉。

そこには、もっと話していたいと自然に思ってしまう何かがある。

だけど、フィーネはそこに作為的なものを感じていた。

(人たらしか)

この人は自然に人を惹きつける資質のようなものを持って生まれ、それをひとつの武器として仕事に役立ててきたのだろう。

「とはいえ、彼が膨大な量の仕事を抱えていることについては、私にも責任の一端がある。彼には今、特別な案件についての調査を頼んでいてね」

「特別な案件？」

「ああ。だが、詳細を話すことはできない。特級秘匿事項だからね。しかし、君が今回の仕事を受けてくれるというなら話は変わってくる」

「その仕事が、シオン様の抱えている案件と関連しているものだということですか？」

「そういうことになる」

二人の間を沈黙が浸した。

カップをソーサーに置く音がやけに大きく響いた。

（とにかく、聞いてみるしかないわね）

フィーネはコルネリウスを見つめて言った。

「詳細を聞いていない以上、仕事をお受けすると確約することはできません。しかし、私は今の時点でその仕事を受けたいという意思を持っていますし、仮にご意向に添えない選択をする場合でもここで伺ったことを他言しないことを誓います。聞かせていただけないでしょうか」

「それでいいよ。詳細を聞くまで判断できないというのはその通りだと思うしね。まず、シオンに依頼した案件についてから話そうか。ベルナール卿の残したものを利用してその後釜に座ろうとしている者がいるらしいことがわかったんだ。彼にはその人物についての調査をお願いしている」

コルネリウスは言う。

「わかっていることは二つ。ひとつはこの国でもかなり高い地位にある貴族男性であること。もうひとつは、《薔薇の会》の関係者とつながりがあること」

「《薔薇の会》？」

「王妃殿下が主催するサロンだ。このサロンは、家格の優れた貴族男性を夫に持つ女性しか中に入ることが許されない。そして君には次期公爵夫人として、この《薔薇の会》に潜入してほしいと考えている」

「情報を集めて、犯人につながる何かを見つけてほしいと。そういうことですか」

「話が早くて助かるよ」

コルネリウスは目を細める。

「《薔薇の会》は王宮内の人間なら誰でも知っている有名なサロンだし、資格を持っている貴族女性のほとんどが参加している。次期公爵夫人である君には、得られるものも少なくないはずだ」

人脈作りの上では絶好のチャンスということが言いたいらしい。

正直に言ってまったく興味がなかったし、セレブリティな社交界の人たちと繋がりたいとは微塵《みじん》も思わなかったけれど、『王妃殿下が主催する』という一点がフィーネの関心を強く惹いていた。

幽霊さんを実体に戻すために必要な魔道具――《星月夜の杖》は王室が所有していると言われている。

王妃殿下に近づくことができるなら、その情報を集める上でプラスになることも多いはず。

加えて、間接的にとはいえシオンの仕事を手伝えるというのも大きかった。

彼は祖父がしていたことに対して強い怒りを抱いている。

近くにいた存在だったからこそ、許せないという感覚があるのだろう。

一緒に食べる夕食やハグの儀式より優先するのも自然なことだと思った。

(私、うまく話せないし、うっかり関節技かけちゃうし)

自分がしてきたことを思い返して、心の中で頭を抱える。

(名誉を挽回するためにも、ここでシオン様のパートナーとして良いところを見せないと)

フィーネは顔を上げて言った。

「わかりました。その仕事、お受けいたします」

「ありがとう。助かるよ。頼もしい」

コルネリウスはにっこり目を細めて言った。

「危険な仕事ではないからさ。安心して」

その反応を観察して意識的に記憶しながら、フィーネが思いだしていたのは《花の魔術師》アイリスから聞かされた言葉だった。

『危険を伴う仕事です。しかし、あの方はその危険性について貴方に話さないでしょう』

結果から言えば、コルネリウスの言葉は彼女が予測した通りのものだった。

（この人は何かを隠している）

しかし、だからと言って《花の魔術師》の言葉が正しいとも限らないように感じられた。

フィーネがコルネリウスに疑問を持つように、誘導されているという可能性もあるように思う。

『私がお伝えしたいのはひとつだけです。見かけの良い言葉に流されないように。その裏側にあるものを探る注意深さを大切にして下さい。深い森の中で迷子にならないように』

そんな言葉が頭の中で響く。


「対外的には私から、王宮内の仕事を直接任されているということにしておこう」

コルネリウスの言葉に、フィーネはうなずいた。

王国を裏切っている貴族の潜入捜査をしているなんて言うことはできない。しかし何も言わなければ、なぜあの子は宰相様のところへ通っているのかと余計な疑念を持たれる可能性がある。

「私が手配できる仕事をリストアップした。どれも優先度は低いし、やっているフリだけしておいてくれればいい。好きな仕事を選んでくれ」

リストに視線を落とす。

（……この仕事、やってみたいかも）

しばしの間考えた後、フィーネが選んだのは王宮内にある図書館司書の仕事だった。

「君は本が好きだという話だったね」

「はい。一度図書館で働いてみたいと思っていたので」

興味のある仕事だったが、できるなんて夢にも思っていなかった。

思わぬご褒美のような機会に胸を弾ませつつ、宰相様との会談を終えて王宮の廊下を歩く。

この気持ちを誰かに話したい。

（シオン様はお忙しいかしら）

迷惑だろうか、と思う。

でも、聞くだけ聞いてみてもいいかもしれない。

結婚しているわけだし、話したいと伝えてもおかしな風には見えないはずだ。

（って、改めて意識するとなんか恥ずかしいけど）

結婚しているはずなのに、友達以上恋人未満みたいな感覚がある。

多分恋愛的なあれこれを経験するのが初めてで心がついてきてないところがあるのだろう。

そもそも、形だけの結婚から始まったこともあって、関係性が自分でもよくわからない。

告白されてうなずいたけれど、フィーネの方から好きだと伝えたことはなかった。

そもそも好きかどうかもわからない。

考えだすと頭がばんっ！ってなって何も考えられなくなってしまう。

（いけない。顔が熱くなってきた）

手で顔を扇ぎ、深呼吸してから使用人さんに声をかけた。

「あの、シオン様とお話ししたいのですが」

使用人さんは、「結婚されたばかりの方にそういうのは止《よ》した方が良いと思いますよ」と言った。

フィーネは悲しい気持ちで虚空を見つめてから、その妻が自分であることを話した。

「大変失礼いたしました！　シオン様は十四時半まで外出されておりまして」

またもタイミングが合わなかったらしい。

使用人さんに聞いたところによると、近頃のシオン様は普段以上に休みなく働いているとのこと。

「あの、フィーネ様。少しよろしいですか？」

ミアに声をかけられたのは馬車で屋敷に帰ってすぐのことだった。

「何かしら？」

「シオン様のことなんですけど。ほら、最近すごく忙しそうにされてるじゃないですか」

「そうね」

「ここだけの話なんですけど、実はほとんど眠れてないそうなんです。先日も仕事中立ちくらみを起こしたとか。シオン様がフィーネ様に言わないようにって使用人に箝口令《かんこう》を出してるみたいなんですけど」

「ミアは私にそれ言っちゃダメなんじゃないの？」

「私はフィーネ様幸せにする委員会の会長なので。フィーネ様のためなら言ってはいけないことも言っちゃうのです」

えへん、と胸を張って言うミア。

それでいいのだろうか、と少し心配になったけれど、自分のことを第一に考えてくれるのは素直にうれしいし心強い。

「でも、どうして自分を追い込むくらいまで働いてるんでしょうね。私だったら、『何のために生きてるんだ』って悲しくなっちゃいます」

「いろいろ事情があるのよ、きっと」

ミアが仕事のために部屋を出て行ったのを確認してから、幽霊さんに聞いた。

「幽霊さんはどう思う？」

『間違いなく働き過ぎだね。でも、彼の場合はそれが不思議なくらい自然に見える。物心ついた頃からずっとそうしていたみたいに』

「子供の頃からずっと働いてたってこと？」

『仕事でなくても、勉強とか訓練とかそういう類いのことを休みなくしていたんじゃないかな。それがきっと、彼にとって唯一の拠《よ》り所だったんだよ。何かに打ち込んでいる間だけは悲惨な人生を忘れられる。そういう気持ちは僕もわかる』

「……あのベルナールに育てられたんですものね」

王国史に残る極悪非道の悪徳貴族。

実の両親から引き離され、人格が破綻した祖父の元で育てられた。

きっと、それは幼い子供にとっては過酷な時間だったはずだ。

気になって、そのあたりのことを使用人さんたちに聞いてみたけれど、知っている人はいなかった。

当時働いていた使用人さんは一人残らず辞めてしまっているとのこと。

「みんな辞めてしまってるの？　どうして？」

「私は当時働いていたわけではないので、あくまで噂話として聞いていただきたいのですが」

執事さんは言葉を選びながら言った。

「ベルナール様の元で働いていた人たちは、みんな心を病んで辞めていくという噂がありました。事実かどうかはわかりません。しかし、入れ替わりは激しかったですし、一人も残っていないというのは確かです」

　随分ひどい環境だった様子。

　そういう親については、私も思うところがある。

『貴方なんて、生まれてこなければよかったのに』

　顔を合わせるたびに、そんなことを言っていた義理の両親。

　とはいえ、私の場合は辺境の屋敷に幽閉されていたから、顔を合わせる機会は限られていたし、幽霊さんがいたからつらい経験よりも楽しい記憶の方が多い。

　外の世界を知らなかったのもあったと思うけど、これはこれでいいかと思えるくらいに幽霊屋敷での生活は心地良いもので。

　だからきっと、私よりシオン様の方がずっと過酷な環境で子供時代を過ごしたのだろう。

（無理をしすぎてないと良いけど）

　そんな気休めの思いに何の意味もないことを、誰よりもフィーネ自身が知っていた。

　王宮の図書館はフィーネが想像していたよりずっと煌びやかで美しい建物だった。

　元々この国の王族は、知識と本に強い関心があったらしく、五百年以上前から古典と聖書の写本が熱心に行われていたという。

印刷技術の発明後も熱心に写本は続けられ、飾り文字などの工夫も施されるようになった。

八十年前に先々代の国王によって建てられたこの図書館は、ロストン・ナーベック様式の傑作と言われる大広間が名高く知られている。

複雑な曲線が織りなす荘厳な装飾。特徴的な化粧漆喰《しっくい》が重ねられたその天井には、古《いにしえ》の宗教会議を題材にした宗教画が飾られている。

入り口には「魂の病院」と飾り文字で書かれている。

先々代の国王は、知識と教養に心を癒やす効果があると信じていたからだ。

二千冊を超える写本と一万冊を超える蔵書。

フィーネがすることになった最初の仕事は、展示されている写本を一ページずつ丁寧にめくる仕事だった。

「そのままにしておくと変形してしまうからね。古い写本はこの作業を行うことで当時と変わらない状態で保たれている。この仕事は必ず二人一組で行わないといけない。まだ印刷技術がなく、すべて羊皮紙に描かれているからだ。当時の技術では羊一頭から四枚の羊皮紙しか取れなかったから、この一冊に二百九十頭の羊が使われていることになる。重量が二十四キロあるから取り扱いには細心の注意を払うように」

フィーネに仕事を教えてくれるのは三十歳くらいの男性だった。

眼鏡をかけた彼は几帳面かつ生真面目で、いつも深刻な顔で何やら考えている様子だった。

「……ちなみに、もし破ってしまったらどうなりますか？」

「君はこの国の人々が綿々と積み重ねた時間と努力を無に帰すと言うのかい？　そんなことがあっていいと思っているのかな？　正気かな？」

「………」

怖かった。

魔の山で戦っていた魔物よりもずっと怖かった。

（この世で一番怖いのは人間なのかもしれない）

おっかなびっくり写本をめくっていく。

強い恐怖を感じずにはいられない仕事ではあったけれど、それは他では経験できない貴重なものに触れられる時間でもあった。

ざらざらとした羊皮紙の表面をそっとなぞる。

硬いその一枚一枚を慎重にめくる。

竜の返り血を浴びたことで怪物になった剣士について書かれた叙事詩。

五線譜ができる原型になった五つの線とメロディを示す記号。

悲しみが悲しみを呼ぶ戦乱の記憶。

これが数百年前に書かれたものだと思うと、不思議な気持ちになった。

たくさんの名もなき人たちが、この本を後の時代に届けるために今のフィーネと同じ仕事を続けてきたのだ。

しなければいけない仕事は他にもたくさんあった。

破れたページを糊《のり》で接着して丁寧に補修した。

棚の埃《ほこり》を拭き取り、できたばかりの蜘蛛の巣をこそぎとった。

花瓶の水を替え、古くなった魔導灯を交換した。

それらの仕事はフィーネにとって新鮮で楽しいものだった。

フィーネは何度か失敗しながらも、それらの仕事に順応していったし、ある日の午後には館内に入り込んだ毒を持つ蜂を捕まえて追い出し、同僚たちに感謝されたりもした。

しかし、その一方でシオンとはすれ違い続きだった。

同じところで働いているのだから、お話しする機会もあるだろうと思っていたのだけど、シオンは仕事に忙殺されていたし、王宮は小さな街のように広いから顔を合わせる機会さえない。

「シオン様はただいま外出中でして」

何度目かわからない言葉に、唇をとがらせつつ王宮の廊下を歩く。

邪魔でならない胸の高鳴りを考えると、距離を置くこと自体はフィーネの望みでもある。

しかし、ここまで会えないでいると、寂しいと感じてしまうのだから人間の心は不思議だ。

恋愛は神経毒の一種だし、この状況はフィーネにとっては都合が良いはずなのに。

それでも、不満を感じずにはいられなくて。

遠ざかりたいけど近づきたくて、近づきたいけど遠ざかりたい。

一人でもまったく不満なく生きていけるタイプだと思っていたのに、知らなかった自分がそこにいる。

「ばーか。シオン様のばーか」

階段を降りながら小声でつぶやいたそのときだった。

「どしたん？　話聞こか？」

頭上からかけられた声に、慌てて斜め上を見上げた。

階段の上から手すりに身体を預ける形で、針金細工のような長身の男性がフィーネを見ている。

《風の魔術師》――ウェズレイ・フリューゲル。

「げっ」

「そんな顔せんでもええやん。傷つくわぁ」

けらけらと笑いながら言うウェズレイ。

「当然の反応だと思います」

「えー、親切で一途で仲間思いなボクなのに」

「嫌味で性悪で人の血が通っていないの間違いでは？」

「ひどー。フィーネちゃんひどー」

冗談めかして言ってからウェズレイは続ける。

「その感じやとシオンくんとはやっぱりうまくいってないみたいやね」

「そんなことないです。すごくうまくいってます」

「で、今日は彼と会えそう？」

「……会えそうにはないですけど」

「それは残念やね。でも、１００パーセント悪いことも言い切れんと思うよ。会えてた方がよりつらい思いをすることもあるかもしれん。不運に見えることが実はもっと大きな不幸から自分を守ってくれてることもある」

「何が言いたいんですか？」

「彼、ずっと無理してるやろ。ベルナール卿を追いやったときから。いや、その計画を本格的に準備し始めた頃からほとんど休んでない。元々自傷行為みたいな働き方してた子やから、そういうのが癖になってるんやろね。でも、そんな生き方をしてたら必ずいつか破綻の日が来る」

ウェズレイは静かに目を細めて言った。

「多分今日あたり、シオンくん倒れるで」

◆　◆　◆

身体が重い。
泥の中を泳いでいるみたいに。
息がうまく吸えない。
がんばらないと。
もっとがんばらないといけないのに。
そうじゃないと誰も自分を愛してくれないから。
もがけばもがくほど沈んでいく。
「シオンさん！　大丈夫ですか、シオンさん！」
部下の声が聞こえる。
大丈夫だ、と答えようとする。
だけど声は出ない。
視界は黒に染まり、熱を持った身体はその機能を停止している。

思いだされたのは昔のことだった。
記憶の中のシオンは高熱にうなされている。
身体は小さく、世界は大きく見える。
彼はまだ子供で、助けてくれる両親を求めている。
だけど両親はいない。
「ごめんね。シオン、ごめんね」
それが最後の言葉だと記憶している。
祖父の家での生活は地獄そのものだった。
信用できる人は一人もいなくて。
だから、ずっと窓の外から屋敷の門を見ていた。
あの日、見送った両親が乗っている馬車。
いつか迎えに来てくれると信じたかった。
だけどそんな日は来なかった。
自分は一人で生きていかないといけないのだ。
誰も助けてはくれない。
優しくしてはくれない。

高熱にうなされていたあの日もそうだった。
家庭教師の授業中に倒れたシオンに祖父は言った。
「今日の授業のためにどれだけの金をかけたと思ってる。愚か者め」
怒りと侮蔑に満ちた言葉だった。
「罰を与える必要がある。鎮痛剤は打つな。苦しみを学習させろ」
痛くて。
苦しくて。
そんな時間が永遠のように長く続いて。
「お母さん」「お父さん」と必死で呼んだ。
見つけてほしくて。
助けてほしくて。
でも、結局最後まで自分は一人だった。
知っている。
誰も助けてはくれないのだ。
だけど、こんなに苦しいなら。
生きていくことに何の意味があるのだろうか。

終わりにしたいとどこかで思っていた。
くだらない自分の身勝手な自殺願望。
自傷するみたいに危険な最前線に向かった。
痛みが増えると安心できた。
自分が損なわれるのが心地良かった。
沈んでいく。
深いところへ落ちていく。
最後には壊れた人形みたいに、動くこともできなくなって。
血溜まりの中から、細い糸のように降りしきる雨を見ていた。
(これが終わりか)
灰色の景色。
身体から何かが漏れている。
(最期まで一人だったな)
視界がにじんだのはきっと雨のせいだったと思う。
それから、どうなったんだっけ。
そうだ。

なのに、彼女は言ったのだ。
『決めたわ。絶対に死なせないから』
その人は必死で自分を救おうとしてくれた。
そんなことは初めてだったんだ。
身体にあたたかいものが満ちていく。
これは記憶なのだろうか。
いや、違う――
目を開ける。
ぼやけた視界に、誰かの姿が映る。
黄緑色の魔法式――回復魔法。
あの日見たのと同じ魔法式。
「こんなになるまで無理して」
あきれた声がいつかのあの人に重なる。
《黎明の魔女》がそこにいると思う。
だけど、すぐに気付く。
それは錯覚だ。

よく似てるけど違う人。
——好きな人。
（フィーネがどうして）
驚く。
迷惑をかけてはいけないなんて思って、だけど身体は動いてくれない。
彼女の髪は少し乱れていて、慌てて来てくれたのがなんとなくわかった。
誰も助けに来てはくれないと思っていた。
母も父も助けに来てはくれなかったから。
だけど、彼女はそこにいて自分を救おうとしてくれている。
（こんなことが自分にもあるのか）
信じられなかった。
心の中があたたかいもので満ちていく。
意識が遠のいていく。
眠りの中に落ちていく。
（この子のためなら、すべてを失っても構わない）
心からそう思った。

彼女が自分を見ていなかったとしてもいい。

この子を見ているだけで自分は幸せだから。

すべてを捨ててでも、君が幸せに笑える未来を作る。

自分の安息は、そこには含まれていない。

◇　◇　◇

シオンの治療を終えたフィーネは、部下の人たちに挨拶をしてから屋敷に帰ることにした。

「目覚めるまでいてくださっても大丈夫ですよ。料理も部屋もこちらで準備します」

「あそこまで質の高い回復魔法での治療なんて、見たことがありませんでしたから」

「タダで帰すなんて、こちらとしても気持ちが収まらないというか」

あたたかい言葉を固辞して、王都の外れにある療養所を出る。

半分になった太陽が、山向こうから赤い光を注いでいる。

公爵家の馬車に乗ろうとするフィーネに、声をかけたのはウェズレイだった。

「目覚めるまで待ってればいいのに。話したかったんやろ」

「なんでいるんですか」

「シオンくんとフィーネちゃんがどうなったか気になって。ほらボク、仲間思いやから」

「また適当なことを」

フィーネはあきれ顔でウェズレイに言ってから続ける。

「でも、行き先を教えてくれたのはありがとうございました。おかげで駆けつけることができたので」

「ほんまびっくりしたわ。ボクの襟首つかんで、『今日のシオン様の予定を教えなければ殺す』って」

「目的のために手段を選ばないのが私のやり方なので」

「暴力の化身《けしん》やんって思った」

「褒め言葉として受け取っておきます」

肩をすくめるフィーネ。

「そこまで好きなら、それこそ話していけばいいのに」

「バランスを取るのが大事なので」

「バランス？」

「恋愛感情は一種の神経毒みたいなもの。入れ込みすぎるとろくなことにならないと思うんですよね」

「あー、だから近づきすぎないように離れてバランスを取るみたいな」

「そういうことです」

「君ら似てるわ」

くつくつと笑って、ウェズレイは言う。

「誰かに寄りかかるの苦手なタイプやろ。そっか、小さい頃にご両親を亡くしてるんやっけ。だから、いなくなっても大丈夫なように思考を持っていくのが習慣になっている」

「人を分析してわかったような口を利くのやめた方がいいですよ。この人はめんどくさくて救いようのないカス虫野郎なんだなって相手に思われるので」

「でも、フィーネちゃんはボクのこと好きやろ？」

「ご冗談を」

馬車に乗ろうとするフィーネに、ウェズレイは言った。

「人間は永遠に一人やで。結婚してようが思い合ってようが、誰かと心からわかりあうことはできへん。一人で生きて一人で死んでいく」

「当たり前のこと言わないでください。だからこそ、人生は楽しいんです。誰かが優しくしてくれたり、ちょっとでもわかりあえたときにすごくうれしい気持ちになれるから。完全にわかりあいたいなんて期待しすぎなんですよ。大人なんですから、そんな十代みたいなこと言うのやめた方がいいと思いますよ。痛いので」

馬車の扉が閉まる。

ウェズレイは遠ざかる馬車を見つめていた。

肩をすくめてつぶやく。

「シオンくんよりずっとタフやわ、あの子」

◆　◆　◆

夜の療養所で、シオンは自分を救おうとするフィーネの姿を反芻している。

そこにある何かが彼を揺さぶっている。

見過ごしてはいけない。

この違和感を自分は摑まえないといけない。

何かは彼にそう訴えている。

似ていたのだ、と気づく。

おぼろげな視界の中で見えた彼女の姿は、彼が知るある人物に似ていた。

――《黎明の魔女》。

死にたがっていた自分を救ってくれた初恋の人。

フィーネは彼女の弟子だから、近いところがあるのは自然なことなのかもしれない。

しかしそう結論づけるには、フィーネの魔法はあまりに似すぎていた。

魔法式の構造以上に、描き方のくせや主観による歪みまでが一致しているように感じられた。

二人に強い関心を持っていたシオンだからわかる。

弟子と師の相似では、片付けられないものがそこにはある。

《風の魔術師》ウェズレイは、フィーネを《黎明の魔女》だと疑っていた。

ありえるはずがないと思っていた。

彼女の弟子だという言葉を信じていた。

だけど今、シオンはまったく異なる結論にたどり着こうとしている。

（《黎明の魔女》の正体はフィーネなのかもしれない）

そう考えると、いろいろなことの辻褄《つじつま》が合うように感じられた。

しかし、そこには少なくない危険も含まれている。

《黎明の魔女》が王都に現れて以降、王立騎士団は秘密裏に警戒態勢を維持していた。

『国王陛下が五賢人を招集し、《黎明の魔女》の正体を突き止めようとしている』

事実として、招集されたのは彼以外の四人だった。

王国は彼女を危険視していて、自分はそんな彼女とつながりがある可能性を疑われている。

もし正体がフィーネだとわかればどうなるだろう。

強大な力を恐れた誰かが、フィーネを陥れようとするかもしれない。利用しようとするかもしれない。

貴族たちは皆、獣のように欲望に振り回され、地位と財産を失うことに怯えている。

目も当てられないようなひどい未来が待っている可能性もある。

しかし、正体を隠すのは国王陛下に対する背信行為だ。

五賢人の地位を失い、この国で生きていけなくなるかもしれない。

最悪の場合、すべてを奪われ投獄されて、処刑される可能性さえある。

夜の闇の中で、シオンは深く息を吐く。

（迷うまでもないか）

答えは簡単に出た。

最初から出ていたとさえ言っていい。

（彼女を守るためなら、自分なんて簡単に捨てられる）

第三章　薔薇の会

王宮の図書館で働きながら、フィーネはさりげなく《薔薇の会》の情報を集めていた。

次期公爵夫人という立場を利用しての、《薔薇の会》への潜入調査。

宰相コルネリウスから頼まれたこの仕事は、同時に幽霊さんを実体化させられる魔道具への手がかりでもある。

「《薔薇の会》に出るの？　いいなぁ、私も一度で良いから体験してみたくて」

キラキラした目で言う先輩もいた。

華やかでキラキラしたイメージのところということだった。

「よくある貴族の集まりと同じでしょ」

冷めた目で言う先輩もいた。

おそらく、そういう側面もあるのだろう。気持ちはわかる。自分も同じ側だ。

「《薔薇の会》か……その、がんばってね」

ためらいがちに言う先輩もいた。

フィーネを見ていた目がすっとそらされた。

怪しかったので追及することにした。

「え？　いや、悪い噂とか知らないよ？　本当に知らないから」

人が良さそうなおじさんな先輩は、懸命に抵抗したけれど、最後にはフィーネの追及に屈した。

「いろいろ陰湿で息苦しいところだっていう話は聞くね。挨拶の順番を間違えたご婦人がみんなに無視されたり、いじめにあったみたいな話も聞いたことがあるよ。本当かどうかは知らないけど」

なかなか怖そうなところらしい。

（まずいわね）

生まれてこの方、あまり人と関わらずに生きてきたフィーネにとって、陰湿な女社会というのは本の中でしか知らない世界。

挨拶の順番なんて知らないし、空気を読めずに失敗してひどい目に遭う未来しか見えない。

（クロイツフェルト家の次期公爵夫人だし、直接何かされるということはないだろうけど……いや、お家に迷惑をかけるからなおさら気をつけるべきか）

危機感を覚えたフィーネは、さらなる情報を集めるために《薔薇の会》について知ってそうな相手に連絡を取ることにした。

第二王子殿下のお誕生日パーティーで出会ったグレーシャー公爵家のご令嬢——シオン様とも幼なじみだったレイラ様。

馬車でお屋敷を訪ねると、レイラ様は少し驚いた表情で迎えてくれた。

「今日はどうしてこちらに？」

「実は《薔薇の会》について伺いたくて」

宰相様からの仕事であることは伏せて、自分が《薔薇の会》の会合に参加することになったことを話す。

「フィーネ様は《薔薇の会》についてどの程度ご存じなのですか？」

「よくない噂があるみたいな話は聞きましたけど、他のことはまったく」

「挨拶の順番やシュトラウス公爵夫人のことは？」

「誰ですか、それ？」

「……怖すぎる」

レイラ様は愕然とした表情で言った。

「こんな状態で《薔薇の会》に参加するなんて、狼の群れに兎が入ろうとしているようなもの。一瞬で食い散らかされて目も当てられないことになるのは必至。シオンは何をやっているのですか」

「シオン様はいろいろとお忙しいようでして」

「……変わらないですわね、あの人も」

レイラ様は深く息を吐いて言う。

「一度でも会合に参加すれば、痛いくらい理解することになるのですが、《薔薇の会》は陰湿で歪《いびつ》な女社会です。陰口やマウントは日常茶飯事。少し空気を読み間違えただけで目も当てられない状況になる過酷な場所です。外から見れば綺麗ですが、その内実はあまり良いものではありません」

「いったいどうしてそんなことになっているのですか？」

「家柄が良くプライドが高い貴族女性が集まるところなので……ご主人の地位で序列が変わったりもしますし、あらゆる手段を使って会の中での序列を上げようと躍起《やっき》になっている方も多いです。序列が高くなれば、それだけ悔しい思いをする可能性も低くなるので仕方ないことではあるんですけど」

なかなか恐ろしい場所であるらしい。

フィーネは挨拶の順番や注意すべきことについて聞いた。

「最も優先すべきは王妃殿下です。ただ、王妃殿下はお優しい方なので挨拶や振る舞いに強くこだわりがあるわけではありません。むしろ、丁寧に挨拶しすぎると他のご婦人方から攻撃の対象になる可能性も高いです。短すぎず長すぎずを意識してください。その上で、最も重要視すべきなのは《薔薇の会》参加者の中で事実上の最高権力者であるシュトラウス公爵夫人ですね」

「先ほど言っていた方ですね」

「王族を除いた貴族女性の中で最も強い影響力を持つ方です。この方に対しては細心の注意を払って接してください。それから、序列二位であるチャンドラー公爵夫人。この方も派閥の主導的立場で注意深く接するべき相手です。また、ラーソン侯爵夫人とエルネス伯爵夫人にも注意が必要で――」

レイラ様は親切に教えてくれたが、フィーネにとって初めて経験する貴族社会の濃密な人間関係は刺激が強すぎた。

「社交界の人はこんなにたくさんのことに気を使いながら生きてるんですね……」

「人間が一番恐ろしいですからね。当日は私もできる限りフィーネ様をサポートしますから」

「ありがとうございます。助かります」


こうして迎えた《薔薇の会》の会合当日。

会場である、普段は立ち入ることが許されない王室所有の離宮を、遠くから見つめる。

華やかで煌びやかなこの離宮は数年前に建てられたばかりで、普段は国王陛下とその家族が使用しているという。

（厳重な警備態勢ね。さすがは王族の居室というところかしら）

配備された騎士の姿を観察する。

会が始まるまではまだ時間があったが、既に何人かの貴族女性が会場の中で談笑している様子だった。

（一人で下手に行動するのは危険。レイラ様が来るまで全力で待機しましょう）

庭園の茂みに隠れて離宮を見ていたフィーネは、不意にあることを思いついて歩きだす。

離宮に向かって歩きだしたように見せかけて、踵《きびす》を返して元いた場所へ走る。

茂みの陰をのぞき込むと、半透明の頭が慌てて庭園の生け垣の中に隠れた。

「一人で大丈夫って言ったでしょ」

腰に手を当て嘆息しながら言うと、幽霊さんは申し訳なさそうに顔を出した。

『今回はさすがに心配でさ。だって王妃殿下主催のサロンだよ。とても陰湿な女社会という話だし、世間知らずの君を放っておいたらまず間違いなく大変なことになりそうだし』

「大丈夫よ。最悪殴り合いに持ち込めば私の方が強いし」

『そういうところがすごく心配なんだよ』

黙って着いてきたことに関しては、信頼されてないみたいで気分はよくなかった。

だけど、私は大人なので許してあげることにする。

正直、ちょっとだけ心細かったし。

心強いという感覚がないわけではなかったし。

「仕方ないわね。着いてこさせてあげる」

『任せて。ばっちりサポートするから』

幽霊さんはにっこり目を細めてから言う。

『でも、この会本当に気をつけた方が良いよ。ちょっと普通じゃない感じがする』

「普通じゃない感じ？」

『会場周辺を見て回ってたんだけどさ。隠れて泣いてる人と吐いてる人と死にそうな顔してる人がいて』

「なにその地獄絵図」

『見ててかなりつらそうだった』

みんないろいろな苦しみを抱えながら、参加しているらしい。

(帰りた……)

お腹が痛いってことにしようかなとか思ったけど、宰相様から仕事を頼まれている以上、避けて通ることもできない。

何より、幽霊さんを実体に戻すためにも、この会で得られる情報は大切。

「大丈夫よ。任せて。やられたら十倍にしてやり返すから」

『不安だ……』

つぶやく幽霊さんをスルーしつつ、フィーネは茂みの陰でレイラ様が来るのを待った。

十分後、レイラと合流したフィーネは細心の注意を払いつつ離宮の中に足を踏み入れた。

「私と同じ順番で挨拶をしてください」

ささやき声にうなずく。

まずは王妃殿下から。

歩み寄ると、周囲の視線が集中するのが感じられた。

露骨に見ているわけではない。でも、明らかに注視されている。

横目で見たり、聞き耳を立てたり。

試されているような気配がフィーネの身体を硬くする。

(落ち着け。最悪殴れば勝てるから大丈夫。冷静に……)

貴族女性としては明らかに間違っている考え方で自分を落ち着けつつ、フィーネは丁寧に、しかし目立ちすぎないように意識しつつ挨拶をする。

四十代中頃のその人には、普通の人と明確に違う何かがあるように感じられた。

錯覚かもしれないし、こちらが意識しすぎているだけなのかもしれない。

しかし、この人は王妃殿下であり、普通の人とはまったく違う人生を送っているのだ。

(とにかく、粗相のないように)

幸い、貴族社会における礼儀作法についてはある程度経験していたから、無難に合格点の挨拶をすることができた。

続いて、シュトラウス公爵夫人に挨拶をする。

六十代前半のその女性は姿勢が良く、一目で高貴な家の出自であることがわかった。

この場で王妃殿下の次に華やかなドレス。

言葉遣いも丁寧で、余裕と自信が感じられる。

しかし、その目は時折刃物のように冷ややかになった。

それに反応して取り巻きの人たちが、同じように冷たい目を向ける。

過去に何かあったらしく、ひどく怯えた様子で挨拶している人もいた。

(たしかに目を付けられない方が良い相手ね)

続いてチャンドラー公爵夫人と、ラーソン侯爵夫人、エルネス伯爵夫人に挨拶をしていく。

レイラ様が先導してくれるおかげで、フィーネは滞りなく適切な順番で挨拶をこなすことができたようだ。

周囲のフィーネを見る目にも、『初めてなのにわきまえてるじゃない』という感心の色が混じり始めている。

加えて、クロイツフェルト家の次期公爵夫人という立場も、フィーネのことを後押ししているようだった。

下手に手を出して良い相手ではないと認識されているのだろう。

《薔薇の会》は、立食パーティーのような形で行われていた。

まずはシュトラウス公爵夫人が、貴族女性の力でこの国をより良くしていきましょうと挨拶し、大げさなくらいの拍手が場を包んだ。

(あの人に気に入られれば、この場における地位が上がるから)

皆、注意深く周囲の動向をうかがっているのが感じられた。

続いて始まった立食パーティーでもそれは同じで、有力な方の周りには人だかりができ、気に入られようと話しかける姿が見える。

対照的に、誰にも話しかけられずに浮いている方もいた。

「あの窓辺にいる方は?」

小声で聞くと、レイラ様は言った。

「ラドール侯爵夫人です。王太后殿下に気に入られ、長年《薔薇の会》の主導的立場を担っていたのですが、殿下が王宮を離れたことでシュトラウス公爵夫人派閥から追い落とされまして」

「なるほど。そういう経緯が」

少し心細そうだけど、負けることなく気丈に振る舞っている。

アウェーであることがわかった上で来ているところを見ても、負けん気の強い方らしい。

（負けずにがんばってほしい）

心の中で応援する。

他にも、明らかにこの場から浮いている方が何人かいた。

中にはひどく怯えているように見える人もいる。

「あの人は？」

「レンブラント伯爵夫人です。元々は男爵家の方で、数ヶ月前にご結婚なされて《薔薇の会》に参加するようになったのですが、とても緊張しやすい方みたいでシュトラウス公爵夫人への挨拶で少し失敗をしてしまいまして」

「失敗？」

「つまづいて、夫人のワインを零してしまったんです。夫人が着ていたドレスはワインで水浸しになってしまいまして……」

「それはさぞ地獄のような空気になったでしょうね」

「ええ、それはもう……なんとかフォローしてあげたかったのですが、公爵夫人派閥の方に完全に目を付けられてしまってまして」

所在なさげに視線をさまよわせ、一分おきに時計を見つめている。

目元には赤い腫れがあり、腕にはかきむしったような跡があった。

幽霊さんが言っていた泣いたり吐いたりしていた子の一人なのだろう。

どんな様子だったか確認したかったけど、幽霊さんは挨拶を終えたところで『気になるものがある』と会場の奥に行ってしまっていた。

(私が心配じゃなかったのか)

唇をとがらせる。

興味があるものを見つけたら、調べずにはいられない研究者気質なところがある幽霊さんだ。

とはいえ、フィーネの挨拶を見て大丈夫だと判断してくれたというのもあるのだろうけど。

そう考えると信頼されているみたいで悪い気はしない。

(幽霊さんを実体に戻せるかもしれない魔道具に近づくために、王妃殿下とお話ししたかったのだけど)

しかし、王妃殿下には有力な貴族女性たちが我先にと声をかけていて、落ち着いてお話なんて到底できそうにない。

であれば、宰相様が言っていた悪巧みをしている高位貴族の関係者が誰なのか探ろうと思ったのだけど、可能性がありそうな人たちも人気があってなかなか声がかけられそうにない。ラドール侯爵夫人なら話せそうだけど、シュトラウス公爵夫人派閥の人たちから睨まれそうだし。下手に動くと、今後の情報収集に支障が出る可能性がある。

（仕方ないから諦めてパーティーのお料理を食べましょう。うん、これはやむを得ない判断なのよ。決して私が食い意地が張った貧乏性というわけではなく、自らの幸福を追求する上で理性的かつ合理的な判断で――）

目立たないよう意識しつつ、並べられたお料理を素早く口に運ぶ。

驚きだったのは、誰も料理に興味を持っていないということだった。

こんなにおいしいお料理なのに、みんな視界に入っていないみたいに話すことに集中している。

（信じられないわ。私なんて小箱に入れて持ち帰りたいくらいなのに）

肩をすくめつつ、ローストビーフを食べる。うまい。

不意に聞こえてきたのは、声を潜めて話す貴族女性の声だった。

その会話は小さな声で行われていたけれど、山中で魔物を狩るのを日課にしていたフィーネはかすかな音の響きを聞き取ることができた。

「――しちゃったらどうかしら」

「男爵家の方の癖に調子に乗ってたものね」

くすくすという笑い声が聞こえる。

(男爵家の方ということは、おそらくレンブラント伯爵夫人。公爵夫人に粗相をして浮いている彼女に何かするつもりであるように見える)

元々レンブラント伯爵夫人を疎ましく思っていたのだろう。

(とはいえ、私は正義の味方じゃないし助ける義理もない。今は波風立てずにこの場に馴染むことの方が大切か)

静観することを決めるフィーネ。

ひそひそ話していた貴族女性の一人がワインを手にレンブラント伯爵夫人に近づく。

次の瞬間、真っ赤なワインが伯爵夫人のドレスを濡らした。

「ごめんなさい！　私ったらなんてことを」

わざとらしい演技で言う。

「拭くものを取って来ますわね」

伯爵夫人は撃たれたような顔をした。

空気が一瞬しんと冷えて、すぐに元通りのそれに戻った。

みんな何事もなかったかのように談笑していた。

誰も伯爵夫人に声をかけようとはしなかった。

下手に動けば、公爵夫人派閥の人たちに睨まれる可能性がある。

自分の立場が危うくなるかもしれない。

だから動かない。

助けない。

伯爵夫人はひどく心細そうに見えた。

たくさん人がいるのに、世界の中でひとりぼっちでいるよりも孤独であるように見えた。

（ああ、気持ち悪い）

全部どうでもいいと思った。

地位とか派閥とか本当にどうでもいい。

「大丈夫？」

歩み寄って声をかける。

レンブラント伯爵夫人は怯えた表情で瞳を揺らす。

何かされると思ったのかもしれない。

「行きましょう。シミになる前に綺麗にしないと」

手を引いて、会場の外に出る。

《薔薇の会》での立場は悪くなったかもしれない。

だけど、そんなことよりずっと大切なものを守ることができたような気がした。

ドレスの汚れを落とすのは簡単なことではなかった。

洗濯の正しいやり方なんて知らないフィーネなので、別のものを応用してなんとかするしかない。

(まずは水魔法で)

小さな魔法式を展開する。

水流を制御して汚れをすすぐ。

しかし、白を基調にしたドレスには薄赤いシミが残ってしまっていた。

「ありがとうございます。もう大丈夫ですので」

申し訳なさそうな声で言うレンブラント伯爵夫人。

しかし、思考の海に沈んでいるフィーネはそれどころではなかった。

「お待ちください。今、どうにか落とす方法がないか考えてるので」

「そこまでしていただくわけには……家で使用人と一緒になんとか落とせないか考えますから」

「いいえ、これはプライドの問題です。私の魔法はワインのシミなんかには負けないので」

汚れを落とすにはたしか活性酸素が有効だったはず。

物質を酸化して、汚れの色素を他の成分に変える働きがあったと記憶している。

（水を電気分解して酸素を作り出せば）

水流に電撃魔法を通して反応させる。

効果はてきめんだった。

何度も繰り返す中で着実にシミは落ちていき、最後には元通りの綺麗な色に戻った。

「すごい……こんなに綺麗に……」

シミがついていた生地を見つめて言うレンブラント伯爵夫人。

「お困りのときは言って下さい。頑固な汚れもばっちり倒してみせますから」

「あ、ありがとうございます」

戸惑い混じりの声で言ってから、おずおずと続けた。

「で、でも、大丈夫ですか？」

「何がですか？」

「私を助けると、その、フィーネ様の立場が」

心配してくれていたらしい。

「大丈夫ですよ。それより、よく私の名前をご存じでしたね」

「当然です。貴族女性なのに独学で魔法の道を進み、ご活躍なされているフィーネ様のことはお噂を耳にするたびにすごいなぁって思ってましたから。あと、元ひきこもりだったというところも親しみやすくて素敵です。人見知りで引っ込み思案な私もがんばっていいのかなって勇気をもらえるんですよ」

（正確には、ひきこもりではなく義両親に幽閉されていたんだけど）

対人関係の経験は少ないが初対面には強い方であり、暴の化身と裏で幽霊さんに思われているフィーネである。

実情は随分違うのだが、それでも彼女の言葉はフィーネの胸を強く打つものだった。

自分のしてきたことに対して、『勇気をもらえる』と言ってもらえるのは素直にうれしい。

加えて、幽霊さんにボス猿気質と言われているフィーネは、自分を頼ってくれる不憫《ふびん》な気弱系女子にめっぽう弱かった。

（この人は私が守らなければ）

謎の使命感が生まれている。

「また何かあったら言ってください ね。嫌がらせしてくる人がいたら私がぶっ飛ばすので」

言ってから、自分が貴族女性の中で生きていくためには不利な発言をしていることに気づく。

まずいかもしれない、と一瞬思ったけれど、どうでもいいかと思う自分もいた。

（私は私の道を進む。その方がかっこいいしね）

風魔法で夫人のドレスを乾かしてから、パーティーに戻る。

それからのパーティーで、フィーネはレンブラント伯爵夫人の隣から離れなかった。

周囲から変な視線で見られたりもしたけれど、好きなように思ってくれていいと割り切った。

横目でちらちら見ながらひそひそ声で話すワインかけ女には、睨んで圧を送って黙らせた。

シュトラウス公爵夫人と話していたレイラ様が寄って来たのは、そんなときだった。

フィーネは小声で言う。

「ごめんなさい。会の輪を乱してしまって」

自分のせいで彼女の立場にも良くない影響があったかもしれない。

しかし、レイラは首を振った。

「とんでもない。すごくかっこよかったです。それに、意外と皆さんの心証も悪くないみたいですよ」

レイラはフィーネの耳元に口を寄せて言う。

「シュトラウス公爵夫人も実は困っていたようなんです。周りの人たちが過剰に気にしてあいう空気になってしまってたみたいで。フィーネ様は芯のある優しい人だからとお伝えすると『素敵な人ですね』と仰ってました」

「皮肉で言ってる可能性もあると思うんですけど」

「いえ、あの言い方は本心だと思います」

どうやら、結果的にそこまで悪いことにはなっていない様子。

パーティーが終わり、馬車に乗ってほっと息を吐く。

戻ってきた幽霊さんに小声で言った。

「私が心配じゃなかったの？　大変だったんだから、まったく」

『君なら大丈夫だって途中でわかったからさ。かっこよかったよ。君を誇りに思う』

「そんなに褒めても何も出ないから」

そう返しつつも、悪い気はしない。

『しかし、君って妙に慕われやすいところがあるよね。正直で真っ直ぐな性格だからかな』

「自分では普通だと思うけど」

『普通ではないよ。絶対』

断言されてしまった。

おかしいな、と首を傾けてから言う。

「そう言えば、気になることって何だったの？　かなり熱心に探してたみたいだけど」

『その話をしないといけないと思ってたんだ』

幽霊さんは言う。

『《薔薇の会》が行われる離宮の地下に宝物庫がある。おそらく、王族と極一部の側近しか知らないものだろう。無数の付与魔法が施された鋼鉄製の扉。その奥に、僕らが探しているものもあった』

「まさか《星月夜の杖》――」

『そういうこと。あの感じだと悟られずに盗みだすのは簡単じゃないだろうね。何せ、王族が生活する離宮だ。侵入するのはこの国で一番難しいと言っていい。一歩間違えれば君はすべてを失うことになる。諦めた方が賢明じゃないか。僕はそう考えている』

幽霊さんはフィーネに諦めてほしいのだろう。

危険を冒してほしくないと感じている。

同時に、そこにはもうひとつ別の不安が含まれているように感じられた。

「幽霊さんは実体に戻りたくない？」

それはフィーネ自身の不安だったのかもしれない。

ずっとどこかで感じていた。

幽霊さんを実体に戻してあげたいというのは自分のわがままなんじゃないか。

大切な人に何か恩返しがしたいという気持ちが先走った考えで。

幽霊さん自身はそんなこと望んでないんじゃないかって。

あるいは、それはフィーネ自身の願いなのかもしれないと思う。

実体に戻った彼と同じ時間を生きることができたなら――

触れてみたいと思う自分がいる。

誰とも直接触れあうことなく大人になったからだろうか。

ずっと大好きなこの人に、小さな子供みたいにぎゅっと抱きしめてほしいと思う自分がいる。

答えを聞くのが少し怖かった。

幽霊さんは少しの間押し黙ってから言った。

『不安と怖さはあるよ。ずっと誰にも見られることなく生きてきたから。続いてきたことが変わるのが怖い。シオンくんに受け入れてもらえるかも不安だし、君にも嫌われてしまうかもしれない』

「ありえないわ」

『今はそう思えても、未来のことはわからない。変わらないものはないし、人と人との関係というのは案外脆いものだから。ずっとこのままの方が良いのかもしれない。正直に言えば、そう思ってしまう自分もいる』

幽霊さんは、フィーネよりたくさんのことを経験していて。

裏切りや悲しい記憶もそこには含まれていて。

だからこそ、怖いと感じずにはいられないのだろう。

しかし、フィーネはそんな幽霊さんを許容することができなかった。

「それでも、私は貴方と同じ時間を過ごしたいと思ってる。一緒に生きていきたい。触れてみたい。子供みたいにぎゅっとしてほしいと思う」

幽霊さんは少し驚いたみたいに瞳を揺らした。

それから、やさしく微笑んで言った。

『ごめんね』

幽霊さんの腕の中にいる。

だけど、そこには実体がない。

触れられない。

それでも、特別な何かがそこにあるのをフィーネは感じる。

『弱音ばかり言ってちゃいけないか。子供のわがままに応えるのが親の仕事だもんね』

幽霊さんは言う。

『理由をくれてありがとう。フィーネのためならがんばれる。僕は実体に戻るよ』

「……いいの？」

『うん。そして、手を取り合って踊るんだ。いつか君が言ってたみたいに』

幽霊さんはにっこりと笑う。

わがままを言ってしまった罪悪感がある。

弱音を受け止めてあげられなかった。

だけど、それ以上に救われたと感じている自分がいる。

願いを受け入れてくれた。

やさしく抱きしめてくれた。

あたたかい何かがそこにはある。

自分はきっとまだまだ子供なのだろう。

だけど、このままではいけないと思う。

支えられるだけでなくて、自分も幽霊さんを支えられるようにならないと。

密かに決意するフィーネに、幽霊さんは言った。

『そのために、乗り越えないといけない障害がもうひとつある』

抱きしめられた状態でフィーネは顔を上げる。

「障害？」

『離宮にはもうひとつ気になる兆候があった。何者かが魔法障壁に工作をしている痕跡。多分《薔薇の会》運営に携わる誰かだ』

「宰相様が言っていた、ベルナール卿の後釜になろうとしている貴族の関係者――」

『その可能性が高いだろうね』

「でも、一体何のために」

『わからない。ただ、宝物庫には《星月夜の杖》の他にも強い力を持つ魔道具が多く収蔵されていた。悪用されれば多分、数え切れないほど多くの人が傷つき損なわれることになる』

幽霊さんは目を伏せる。

そこに彼にとって気にせずにはいられない何かが含まれていることにフィーネは気づく。

「たしか、幽霊さんが存在を認識されなくなる魔法を自分にかけたのも、作った魔道具が悪用されたからだったわよね」

『……うん。たくさんの人が犠牲になった』

「今回は絶対に止めないとね」

幽霊さんは少しの間押し黙ってからうなずく。

長い付き合いだから気づいている。

宝物庫に収蔵されている魔道具の中には、幽霊さんが作ったものが多くある。

そして、それは悪用されればたくさんの人を傷つける可能性を孕んでいる。

私はそれを絶対に阻止しないといけない。

すべての人と関わりたくないなんて思うような悲しい思いを二度とさせないために。

どんな手を使ってでも止めるとフィーネは決意している。

「王宮の警備態勢を強化してほしい、か」

フィーネの言葉にコルネリウスは唇を引き結んで言った。

「何者かが王宮内に侵入し、悪事を働こうとしている兆候があると」

「はい。少なくない数の人が傷つき損なわれる可能性がある。最悪の場合、王室の方々が被害に遭う可能性もあります」

「その言葉、簡単に言っていいものではないことを理解しているかい？」

コルネリウスは感情のない目でフィーネを見つめる。

いつものやわらかい物腰とは違う口調と表情。

一瞬気圧されそうになって――しかし、フィーネは宰相様を見返して言った。

「理解しています。極めて重大な事態だからお伝えしています」

「……君の言いたいことはわかった。だが、敵の正体と詳細がまったくわかっていない段階でできることには限りがある。人を動員するには明確な事実が必要になる」

「離宮にあった裏工作の痕跡は」

「あれだけでは判断がつかない。人為的なものではない可能性もある。王立魔法大学に鑑定を依頼しているが結果が出るまでには数日かかるだろう」

「五賢人の方は何と言っていますか」

「彼らに確認するほどのことではないというのが現場の結論だった」

心の中で舌打ちをする。

かなり精密な偽装が行われていたと幽霊さんも言っていたし、現場を検証した魔術師はその危険性を判別することができなかったのだろう。

「今すぐ確認してください」

「彼らは既に別の案件を抱えている。動かすためには、誰かに割を食ってもらわなければならない。そのためには、納得させられる根拠がいる」

コルネリウスも、フィーネの言葉を心から信じてはいないのだろう。

そこには錯覚や誤りの可能性が含まれていると感じている。

(当然か。この人にとって私は、そこまで信用が置けるような対象ではない)

世間の物事においては、何を言うかよりも誰が言うかの方が重要なことがあって。

フィーネの言葉には、彼を動かすだけの重さが足りていない。

「わかりました。根拠を持ってきます」

フィーネは言って、早足で王宮の外へ出る。

『どうするの？《薔薇の会》の次回会合は来週末。警戒されずに自然な形で接触するのは不可能だよ』

「大丈夫。やりようはあるわ」

公爵家の馬車を帰らせてから、人気のない物陰へ。

懐から取り出したのは、《黎明の魔女》の仮面とフード付きのコート。

「力業で潜入して証拠をつかみ取る」

『……うん。薄々わかってた』

幽霊さんは深く息を吐いてから言う。

『力になるよ。君が望むならどこへでも行く』


猫に変身して、シュトラウス公爵夫人のお屋敷に潜入する。

カラスが羽を休める屋根の上を歩くフィーネに、幽霊さんが言った。

『でも、王宮の警戒態勢を強化していいの?』

「念のためできることはしておいた方がいいでしょ。その方が悪巧みしてる連中も嫌だろうし」

『離宮に潜入して《星月夜の杖》を持ち出すのは難しくなる』

「できるでしょ。私たちなら」

当然みたいに言うその言葉に、幽霊は嘆息する。

『いったいどこから来るのその自信』

「だって私たち最強だし」

『弟子が自信過剰で僕は胃が痛い』

幽霊は首を振ってから続ける。

『ただ、自分にとっては不都合でも、傷つく人が出る可能性を少なくするのを優先するところはすごく好きだけどね』

「やりたいようにやってるだけだから。あと、気持ち悪い」

『照れてる？』

「照れてない」

むっとして言うフィーネに、幽霊さんはくすくすと笑う。

ムカついたからパンチしてやった。

今は当たらなくて。

当たるようになってほしいと思って。

だけど、そうなると今みたいに気安くパンチできないな、と思った。

力加減とか調整できるようにならないと。

人と人との関係は本当に考えないといけないことがたくさんある。

それはなかなかに面倒で。

でも、その面倒さが価値なのかもしれない。

そんなことを考えつつ始めたシュトラウス公爵邸探索は、想像していた以上に難航した。

何を調べればいいのかがわからないのだ。

どこに手がかりとなる情報があるかわからないし、そもそもシュトラウス公爵夫人が犯人なのかもわからない。

その日は他にチャンドラー公爵邸と、ラーソン侯爵邸も回ったが真相に近づけるような何かを見つけることはできなかった。

「五里霧中ね……いくらなんでも情報が少なすぎる」

『しらみつぶしに《薔薇の会》関係者の屋敷をすべて回るのは無理があるよ。急いでいる分、見落としが出る可能性も高くなるし』

「既に見落としをしている可能性さえあるものね」

こめかみをおさえつつ、探索した結果を思い返す。

どの家にも清廉潔白とは言えない裏事情があることも、調査を複雑なものにしていた。

隠している何かがあったとしても、それが今回の一件に関わるかどうかを判断して取捨選択をしないといけない。

調べれば調べるほどフィーネは混乱し、真実は遠ざかっているように感じられた。

『見かけの良い言葉に流されないように。その裏側にあるものを探る注意深さを大切にして下さい。深い森の中で迷子にならないように』

そんな言葉が頭の中でリフレインする。

「当たりをつける必要がある。ある程度、容疑者を絞り込まないと」

『でも、絞り込めるような情報は何も――』

「待って。本当にそうかしら。私たちは犯人に繋がる何かに意外と近いところにいるのかもしれない」

『どういうこと?』

「犯人はベルナールの後釜になろうとしている。であれば、ベルナールが残した負の遺産を辿ればその先に犯人がいる可能性が高い」

フィーネは言う。

「シオン様と話せれば一番良いんだけど、仕事中だろうし簡単にはいかないわよね」

『うん。夜帰ってから話す方が間違いないと思う』

「それまでに話を聞くことができる相手。それも話す言葉に信用ができそうな人……」

考えて、フィーネは顔を上げた。

「シャルルお父様はどうかしら」

『悪くないアイデアだと思う。当主である彼もそのあたりの事情をかなり深くまで知っているはずだ』

「試してみる価値はあるわね」

フィーネはシャルルが入院している病院に向かった。

王都にあるその病院は、フィーネがシオンから思いを伝えられた場所でもある。

夕暮れの日射しが射し込む病室でのことを思いだして、頬をかきつつ受付へ。

「退院は明日のご予定ですよ？」と言われて驚く。

そんな話はまったく知らなかったから。

シオン様も使用人さんたちも何も言わないので、まだ先のことなのだと思っていた。

(私には話さなくていいと思われてるのかしら)

一抹の寂しさを感じつつ、病院の廊下を歩く。

「やあ、よく来てくれたね。うれしいよ」

朗らかに笑うシャルルは、以前より少し痩せて見えた。

人の良さそうな笑みに少しほっとしつつ挨拶をする。

「明日退院なんですね。知りませんでした」

「ああ。伝えない方が良いと思ったんだ。僕のことで君たちの時間を奪ってはいけないから」

「君たち……？」

その言葉が少し引っかかって、フィーネは言う。

「もしかして、シオンさんにも？」

「うん。伝えてないよ」

当然のように言う。

その言葉が、フィーネは気に入らなかった。

「伝えた方が良いと思いますよ。シオンさんも寂しく感じると思います」

「彼は僕のことなんて気にしてないよ。元々ほとんど一緒にいることはできなかったし」

「それでも、気になってしまうのが親という存在だと思います。シオンさんには頼れるような親代わりがいなかったと思いますし」

「そんなことは……」

シャルルはそこで押し黙る。

沈黙が部屋を浸した。

「いや、そうなのかな。そう言われると、そういう風にも思えてくる」

シャルルは顔を俯ける。

「僕は彼が自分を必要としていないと思いたいのかもしれない。その方が自分がしたことへの罪悪感を感じずに済むから」

「罪悪感？」

「彼を迎えに行かなかったこと。どんな手を使っても取り返そうとしなかったこと」

「どうしてしなかったんですか？」

「……妻が死んだんだ」

シャルルは言う。

「彼女は僕のすべてだった。僕は生きていく力を失った。何もできなかった。ベッドの上でずっと、鉱物のようにじっとしていた。正直に言うと、当時のことはあまり覚えていないんだ。僕は何度か死のうとして、それにも失敗した。本当に何をやってもうまくできないんだよ、僕は」

自嘲するみたいに笑う。

続ける。

「シオンのことはずっと頭にあったよ。でも、遠ざけずにはいられなかった。彼の目は彼女に似てるんだ。それに、不出来な自分では彼に悪い影響を与えるだけだと思った。自信がなかったんだ。伸ばした手が届かないのが怖かった。もう僕は何も失いたくなかった」

シャルルは吐き出すように言う。

「傷つくたびに臆病になる。君はこんな大人になっちゃダメだよ」

「臆病でいいじゃないですか。そんなの普通のことだと思います。私は貴方以上に臆病な人を知っています」

フィーネはシャルルを見つめて言った。

「その人は、人と関わるのが怖くなって、周囲との関わりの一切を断ちました。だけど、私はその人が好きです。その人は私にすべてをくれたから。他の人にどう思われたって関係ない。私にとってはたった一人の、かけがえのない大好きなお父さんだから」

フィーネは言う。

「私が気に入らないのは、貴方が自分をずっと卑下してることです。自分に価値がないってそんなわけないじゃないですか。貴方のことを大切に思っている人がいる。貴方にはそう思えなくてもいるんです。もっと自分のことを大切にしてください。気持ちの良い弱音で汚さないで。まだ何も終わってません。できることはいくらでもあります。間違えてもきっとやり直せる」

シャルルは何も言わなかった。

静かにフィーネの言葉を聞いてから、その姿勢のまま押し黙っていた。

不意に零すみたいに言った。

「私にできるだろうか」

「できますよ。絶対できます」

シャルルはフィーネの言葉に答えなかった。

不安と迷いが沈黙になって部屋を包んだ。


それから、フィーネはシャルルから《薔薇の会》参加者についての話を聞いた。

シャルルは彼女たちについてあまり多くのことを知らなかったけれど、彼女たちの夫がベルナール卿とどの程度交流があったのかについては信憑性の高い情報を持っていた。

「みなさん真っ黒ですね」

「父は絶大な権力基盤を持っていたからね。上流の家柄となると付き合いがない人の方が珍しい。だけど、同じ黒でもその濃さにはグラデーションがある」

シャルルはチャンドラー公爵夫人とエルネス伯爵夫人が怪しいと言った。

この二つの家は、他の家よりも密接にベルナール卿と関わりを持っていたという話だった。

「ありがとうございます。調べてみます」

鳥に姿を変え、すぐに二つの家の屋敷を調査するべく、空を飛ぶ。

『あまり他人事には思えなかったな』

「シャルル様のこと？」

『ああいう気持ち、僕はわかるから』

「そうね。だからこそ、私も言わずにはいられなかったし」

フィーネは少し間を置いてから言う。

「やっぱり大人になると臆病になっていくもの？」

『いろいろ経験するからね。傷つきたくないって気持ちは強くなるかもしれない』

「それってなんだか寂しい感じがするけど」

『そうだね。それでも、そっちを選びたくなってしまうんだよ』

フィーネにはその気持ちがわからなかったけど、それは恵まれてるからかもしれないと思った。

自分も幽霊さんやシオン様やミアを失ったら、取り返しのつかない傷を負うのかもしれない。

そして、現実としてそういうことはいつか必ず起きるのだ。

だからこそ、一緒に過ごせる今の時間を大切にしないといけないと思う。

不可解な魔素の流れを感知したのは、エルネス伯爵家のお屋敷を探索していたときのことだった。

かすかな違和感を追う。

それは鍵付きの地下室に続いている。

『僕が見て来るよ』

幽霊さんが扉の奥に消える。

しかし、一人だけ見に行くというのは少しずるくないだろうか。

私も見たい、とフィーネは鍵開けの魔法で扉を開けた。

むせかえる魔素と血の匂いに息を呑む。

『見ない方がいい』

幽霊がフィーネの視界を覆う。

半透明のその先に獣の死体のようなものが見える。

「大丈夫よ。私、野山で魔物狩りしてたし」

『そういうのとは質が違う。ここにあるのは正気の人間には耐えられない類いの地獄だ。戻って。お願いだから』

引き返して、扉を閉める。

幽霊は中で見たことの概要を話す。

『死体を操作し、獰猛《どうもう》なアンデッドとしてしもべにする魔道具だと思う。強いアンデッドを生み出すためにいろいろ実験してたみたいだ』

「それも幽霊さんが作ったもの？」

『……違うよ。でも、ある意味ではそうなのかもしれない』

幽霊は言う。

『仲の良かった同級生がいてね。彼は僕よりずっと速く魔法界で才能を認められていた。僕の才能を見抜いて引き上げてくれたんだ。独立して工房を作りたいと話したときも協力してくれた。いろいろな人に話を通して、面倒な手続きを全部引き受けてくれてさ。僕は彼を親友だと思っていた。だけど、彼にとってはそうじゃなかった』

切なげに目を伏せてから続ける。

『ずっと嫌いだったと言われたよ。君のことが疎ましくて仕方なかったと。彼は工房のすべてを僕から奪い取った。そして制作途中だったもののいくつかを非人道的な魔法兵器に作り替えた』

「それが今使われている魔道具」

『うん。そのひとつだと思う』

言葉に力はない。

この人は今、傷ついているのだと思う。

親友だと思っていた人の裏切り。

自分が作ったものが形を変えられて、誰かを傷つけている。

それはきっと、痛くて苦しくて。

だからフィーネは、幽霊の身体をぎゅっと抱きしめた。

大人が子供にするみたいに。

「幽霊さんは悪くないよ。大丈夫」

触れられない半透明の身体に、形のない何かを伝えようと力を込める。

「止めよう。一人でも傷つく人を少なくできるように」

『うん』

うなずきあってから屋敷の探索を続ける。

伯爵夫妻は外出していて戻っていないようだった。

書斎の引き出しに隠してあった帳簿に目を通す。

伯爵領西部の豊富な鉱石資源を背景に、潤沢な資産を持つことで知られているエルネス伯。

しかし彼は、そのほとんどすべてを使い切った上に借金までして、裏社会から特級遺物に分類される危険な魔道具を買っていた。

高価な魔道具には元々関心があるようだったけれど、この使い方は明らかに常軌を逸している。

まともな判断ができているとは到底思えない。

(借金の返済日を考えると、何か収入のあてがあると考えた方が良い)

そのとき頭をよぎったのは、離宮の魔法障壁に仕掛けられた工作の跡と地下に保管されている魔道具だった。

(王宮が危ない)

そこまで考えて不意に気づく。

伯爵夫妻が戻らないのはなぜなのか。

（まさか、既に王宮に――）

急がないといけないと思った。

早くしないと、取り返しのつかないことになる可能性がある。

第四章　黄金卿

その日、シオン・クロイツフェルトは残った仕事の処理に追われていた。

机に積み上がった書類の山。

響くノックの音に顔を上げずに返事をする。

「忙しそうやね、シオンくん」

聞こえた声に唇を引き結んだ。

「何か用ですか？」

「シオンくんと話したくて」

《風の魔術師》ウェズレイはいたずらっぽい笑みを浮かべる。

「俺は話したくないです」

「つれへんなぁ」

「忙しくしてるのわかりませんか」

「わかってるから来てるんやけど」

「帰って下さい」

「その冷たい感じが良いんよね。ボクのこと好きじゃないところが好き、みたいな。そういう気持ちわかる？」

「また適当なことを」

「本心やのに。シオンくんいけずやわぁ」

けらけらと笑ってウェズレイは言う。

「君は人の気持ちがわからんもんね。心に穴が空いてるから。ボクと同じ」

「違います」

「集めていた《黎明の魔女》に関する資料、抹消したやろ？」

それがウェズレイが最も話したかった問いかけであることに、シオンは感覚的に気づく。

表情を変えずに答える。

「なんのことですか」

「とぼけても無駄やで。悪いけど証拠も摑んどる」

「何を言っているのかわからないんですけど」

ウェズレイはしばらくの間、じっとシオンのことを見つめた。

それから言った。

「隠しても無駄や。この件に関してはボクが正しい。あの子は君に嘘をついてる。国王陛下に背いてまで守る価値が果たしてあるやろうか。賢い君ならわかってるやろ」

「そうですね。わかってますよ」

「だったら、ボクらの利害は一致してる。ここで切れば、悪いのはあの子で君は被害者や。同情されこそすれ責められることはない。君なら相手は他にも選び放題やろ。あの子にこだわる理由はどこにもない」

「貴方が言う通りだと思います。結局のところ、答えは最初から出てたんですよ」

シオンは顔を上げ、ウェズレイを見据えて言った。

「他のものすべてと比べても、俺にとってはフィーネの方が大切です」

「…………は？」

その言葉は、ウェズレイに少なくない動揺を与えるものだった。

「いやいや、おかしいやろ。どう考えたらそんな結論に――」

建物が激しく震動したのはそのときだった。

遠くから響く地鳴りの音。

決して大きな音ではない。

しかし、にもかかわらずその音には決して見過ごしてはいけないない何かが含まれているように感じられた。

致死的とも思える不気味な気配。

よくない何かが起きようとしている。

二人は感覚的にそう気づいている。

次の瞬間、シオンは執務室の窓を開けていた。

窓枠に足をかけ、強く蹴る。

翻る真紅のカーテン。

ウェズレイは目を見開く。

「ここ四階——！」

シオンの身体は宙を浮いている。

起動する魔法式。

大気が一瞬で凍り付く。

巨大な氷のスロープが現れる。滑り降りる。

「ためらいなさすぎやろ」

呆れ混じりに言って後を追う。

窓枠に足をかけて飛び、風魔法で身体を支えて地面に着地する。
音がしたのは離宮の方だった。
常軌を逸した量の魔素の気配。
嫌な予感がしている。
二人が到着したそのとき、離宮は既に壊滅的な状態だった。
黒い大きな波が離宮を飲み込んでいる。
夜の闇の中で、遠目に液体のように見えたそれは死者の群れだった。
一面を埋め尽くす、無数のアンデッドが蠢《うごめ》いている。
(おいおい、冗談やろ)
信じられない光景に目を見開く。
舌打ちをしてから魔法式を起動する。
ウェズレイの周囲で幾重にも展開する魔法式。
風の刃がアンデッドの群れを切り刻む。
視界の端では、シオンの氷結系魔法が目に映るすべてを氷に変えていた。
(相変わらず派手にやっとる。でも、この量じゃ埒《らち》があかん)
タイムリミットが迫っているのをウェズレイは感じていた。

離宮には警備の騎士と魔術師が配備されているが、その人員は決して多くない。
この数のアンデッドに襲われればまず数分も持たないはず。
(早く助けに行かんと王妃殿下と王子殿下が)
募る不安と焦り。
しかし、アンデッドの肉壁に阻まれてなかなか思うように進むことができない。
(何か……何か方法は……)
ウェズレイが考えていたそのときだった。
常軌を逸した魔力の気配。
轟音と共にはじけ飛ぶアンデッドの群れ。
それはあまりにも破壊的な一撃だった。
その一瞬で、八十七体のアンデッドが跡形もなく消し飛んでいる。
(アンリ兄やんか？　……いや、違う)
異常な魔素濃度と歪む空間。
しかし、そこにいる人物が誰なのかウェズレイには感覚的にわかった。
その魔術師は、この一ヶ月自分が追っていた人物とぴったりと合致していたから。
――《黎明の魔女》

正体不明の怪物がそこにいる。

激戦の中で、シオン・クロイツフェルトはその魔力の気配に唇を引き結ぶ。

あの日、死にたがっていた自分を救ってくれた恩人。

その正体は、フィーネかもしれないとシオンは感じていた。

《黎明の魔女》

そう考えていいと思えるだけの確信があった。

だからこそ、シオンの背筋を冷たい汗が伝う。

（彼女は王国から危険視されている。今の状況ではこの国に属するすべてが彼女の敵と言っていい）

王立騎士団は第一級の警戒態勢を維持している。

王宮を守るべく駆けつけて来た援軍は、すべて彼女の敵になってしまう可能性が高い。

そもそも、シオン自身も王国に属する以上、形式的には彼女を捕縛しなければならない立場にあるのだ。

王国を取るか、彼女一人を取るか。

その答えは揺るぎなく彼の中にある。

（絶対に彼女を守りきる）
強く決意しつつ、アンデッドに襲われている離宮へ向け、地面を蹴る。
近づけば近づくほど、状況は絶望的なものであるように感じられた。
なだれ込んだアンデッドの群れ。
為す術なく破壊された門と外壁。
崩落した外壁の瓦礫《がれき》。
空気に混じる砂塵《さじん》の味。
生きている人の気配はそこにはない。
警備していた騎士と魔術師は、数分も持たずに壊滅したはずだ。
（一人でも……一人でも生存者は……）
シオンはアンデッドの群れの中に飛び込む。
強引に道を切り開いて、離宮の中に入る。
割れた窓の破片。
一面に蠢く腐乱した怪物の群れ。
正面階段の手すりの上を走り、二階の奥にある王族の私室を目指す。
「王妃殿下！　王妃殿下は――――！」

殺到するアンデッドを氷の刃で引き裂いて、私室の中へ。

そこにあったのは見るも無惨な光景だった。

歪んで変形した置き時計。

胴体のところで折れた彫像。

散らばるグラスと器の破片。

すべてが破壊し尽くされたその場所で、一人の魔術師が全身から血を流し、ボロボロの状態で立っていた。

「遅いですよ、まったく」

《花の魔術師》、アイリス・ガーネットは苦々しげに言った。

優雅な姿を保つことができていない。

その事実が不満で仕方ないように見える。

背後に広がる植物魔法の巨壁。

その奥で、王妃殿下と第二王子殿下。そして、負傷した騎士と魔術師が横たわる姿が見えた。

「王立魔法大学から連絡が来たんです。フィーネさんが見つけた離宮の魔法障壁の不具合は意図的に作られたものだ、と。彼女の頼みならと優先して解析してくれたみたいですね。最悪の場合に備えて、警備に参加したのが運の尽きでした。あのティーカップ、大好きだったのに……」

よろめくアイリスにシオンは慌てて駆け寄って抱き留める。

「出血がひどい……止血を」

シオンの言葉に、アイリスは歯噛みして言った。

「このくらい自分で処置できます。それより、地下室に行って下さい。敵の狙いは、地下の魔道具です。早く」

シオンは怪我の状態を確認する。

消耗は激しいが、彼女の魔法技術なら自分である程度の処置をすることは可能だろう。

「行きなさい。これは命令です」

有無を言わさぬ声。

うなずいて、元来た道を戻る。

アンデッドの群れはその数を減らしていた。

ウェズレイと《黎明の魔女》が屋敷の一階まで入ってきている。

「王妃殿下は無事です！　宝物庫の確認を！」

「は？　これで無事ってどういう――」

そこまで言ってウェズレイは、はっとする。

「なるほど。大したもんやわ、姐さん」

小さくつぶやいてから続ける。

「行くで、《黎明の魔女》。こっちや」

アンデッドをはじき飛ばしながら走る二人の後にシオンは続く。

地下はアンデッドの群れがひしめいていた。

腐乱した臭い。

そのすべてを無力化して状況を確認するまでに、しばし時間がかかった。

破砕した魔動式の防御機構。

壁のように分厚い扉には風穴が空き、中の宝物はひとつ残らず持ち去られていた。

「まんまとしてやられた、と」

ウェズレイはこめかみをおさえて言う。

「どうする、シオンくん。ボクら絶対怒られるで」

「冗談を言ってる場合じゃないでしょう」

「冗談言うしかないやん、これもう」

ウェズレイは頭をかいてから続ける。

「どうにか挽回せんと。何か代わりの成果があったら許されるやろか。どこかに良さそうなのは
——あるやん」

起動する魔法式。

風の刃が《黎明の魔女》に殺到する。

しかし、寸前で無数の刃は氷の壁によって止められていた。

「ええの、そんなことして」

ウェズレイは無機質な声で言う。

「彼女を拘束して脅威にならないよう排除するのがボクらの仕事や。邪魔するんは王国への背信行為になるで」

「助けられたにもかかわらず拘束して正体を暴くのは違うでしょう」

「見解の相違やね。ボクはボクが一番大事やから」

しんと冷えた空気。

ウェズレイは肩をすくめる。

「抵抗せん方がええで。正義はボクの方にある。いくらなんでも国王陛下を敵に回すのは君だって避けたいはずやろ」

「そうでもないですよ」

瞬間、動いたのはシオンだった。

即座に間合いを詰め、ウェズレイの展開した魔法障壁を解体する。

壁際に押しつけ全身を氷漬けにした刹那、左手を伸ばして何もない空間にあった何かを壁に叩きつけた。

何もないはずのそこにあるたしかな肉体の感触。

幻影魔法が解ける。

左手の先にいる本当のウェズレイの喉元をつかみ、魔力を込める。

「待って、それはほんまにまず――」

すべては一瞬の出来事だった。

自身の幻影魔法に絶対の自信を持っていたがゆえの隙。

氷の塊の中にウェズレイが目を開けたまま閉じ込められている。

念のため周囲を点検して、幻影魔法が起動していないか確かめるシオン。

「い、いったい何を……」

戸惑った声で言ったのは仮面の魔女だった。

「その人は貴方の味方のはずでは」

「君にとっては敵だろう」

「どうして私を助けるんですか」

「君を守ると決めている」

《黎明の魔女》はたじろぐ。

何より、彼女を動揺させたのはそこにある確信と落ち着きだった。

戸惑う《黎明の魔女》に、シオンは言う。

「世界のすべてが敵に回っても君の側に立つ」

静かな目で彼女を見据えて続けた。

「俺は何をすれば良い、フィーネ」


「え、えっと、いったい何のことでしょう？」

《黎明の魔女》は裏声で言った。

想定外の状況に激しく混乱した結果、残念なことになったみたいだった。

「隠さなくていい。もうわかっている」

仮面の魔女は、少しの間押し黙った。

探るようにシオンを見つめてから言った。

「……いつから気づいていたんですか？」

「確信したのはここで君を見てからだ。注意して見ていると所作に癖がある」

「後学のために一応教えてもらっても？」

「いろいろあるが一番大きいのは足の開き方だ」

《黎明の魔女》は自分の足下に視線を落とす。

「がに股が原因でバレた……？」

悲しげな声で壁にもたれかかって続けた。

「バレないようにいつも以上にかっこつけて話してたのに……」

「かっこつけて話してるな、と思っていた」

「よりにもよってこんなバレ方だなんて……死にたい……」

顔を俯け、消え入りそうな声でつぶやく。

くすりと笑ったシオンを、仮面越しに睨んで言った。

「でも、シオンさんだって、結構恥ずかしい状況ではないですか。片思いしてた初恋の人の正体は私だったのですよ。覚えてますか、初日に言った『君を愛することはない』って言葉」

「…………言わないでくれ」

「いいえ、言います。愛することはないって片思い相手の正体に言ってたのですよ。なんという残念な状況。冷たいキメ顔にツッコミを入れてやりたいです。『その片思い相手の正体私なのだが？』と」

「……ぐっ……ああ……！」

こめかみをおさえ、苦悶の声をあげるシオン。

「その上、気づかないまま私のことを好きになっちゃって。二度も好きになるとかどれだけ私のことが好きなんだって――い、いや、これはいいです」

顔が熱くなるのを感じつつ、フィーネは言う。

「で、私を守ろうとしてくれたのはうれしいですけど、どうするんですかこれ。最悪国家反逆罪みたいな案件だと思うんですけど」

氷漬けになったウェズレイをつつくフィーネ。

シオンは口元に手をやり、じっと考えてから口を開く。

「盗まれた魔道具を取り返し、そのために必要だったという方向で申し開きをしよう」

「そうですね。それが一番間違いないですか」

フィーネはうなずいて続ける。

「持っている情報を整理しましょう。この襲撃事件の犯人について、心当たりがあります」

フィーネは自分がコルネリウスの命を受け、《薔薇の会》への潜入捜査を行っていたことをシオンに話した。

「エルネス伯夫人が怪しいと考えた私は、彼女の屋敷に忍び込んで伯爵夫妻が危険な魔道具の実験をしていたという事実を突き止めました」

フィーネは言う。

「伯爵夫妻は私財のほとんどをなげうって、裏社会から特級遺物を購入したようです。そして、愛玩用の動物や使用人を使ってより強いアンデッドを作り出す実験をしていました。この証拠は、エルネス伯邸の地下室にまだすべて残っています」

「あまり愉快な光景ではなさそうだ」

シオンは小さく息を吐いてから言う。

「今回の襲撃のために、特級遺物を買って準備していたと考えるのが自然だろう。だが、どうしてそこまでして離宮地下の特級遺物を欲しがっていたのか」

思案げに顔を俯けて続けた。

「魔道具の収集がエルネス伯の趣味だという話は聞いたことがある。だが、そのために王宮を襲撃するというのは明らかに度が過ぎている」

「エルネス伯はどういう人物なのですか？」

「堅実で安定志向の人という印象だ。もちろん、心の奥深くに人には見せない何かがあった可能性は否定できないが」

「そのあたりのことも、真相に近づけば見えてくるはずです。問題は、どうやって伯爵夫妻の居場所を突き止めるかですが」

「あれだけの量の特級遺物を収蔵するとなると魔素と魔力反応が外部に漏れ出すのは避けられない。保管場所には相応の準備が必要なはず」

「であれば、どこかからそのための物資を買った記録がある」

はっとした顔で言うフィーネに、シオンは言う。

「伯爵夫妻もこれだけの騒動を起こした以上、王国が総力を挙げて犯人を確保しようとするのもわかっている。表に出るような記録は残ってない可能性が高い」

「つまり、使われたのは裏社会のルート」

フィーネの言葉に、シオンはうなずく。

「祖父が関わっていたルートはすべて把握している。偽装や隠蔽《いんぺい》の手順もすべて」

真っ直ぐにフィーネを見つめて続けた。

「時間をくれ。一晩でエルネス伯の隠れ家を特定する」

翌朝、シオンはエルメス伯の隠れ家である可能性がある十七ヶ所について、印を付けてフィーネに伝えた。

ほとんどが伯爵領東端に位置している。

取引と搬出の記録まででは特定できたが、実際にどこに運び込まれたかまでは確定できなかったという話だった。

「行って、しらみつぶしに探索しましょう」

移動経路を考えつつ、二人で担当場所を振り分ける。

他の人に力を借りるという選択肢も考えたが、敵の魔道具が規格外の力を持っている以上、巻き込んでしまえば取り返しのつかないことになる可能性がある。

その点で唯一頼ることができる協力者が——幽霊さん。

小声で同意を得てから、担当場所の調整を進めていく。

「君の担当が多すぎるように思うが」

シオンの言葉に、フィーネは迷う。

いったいどう答えるべきだろう。

幽霊さんのことを話さない方が、説明自体は簡単で。

何より、幽霊さんについて話すのを怖いと感じている自分がいた。

事実をありのままに伝えても信じてもらえるとは限らない。

両親を亡くした少女が作った空想上の友達とか、残念な妄想みたいに思われてしまう可能性もある。

見えない人たちからすると、むしろそう考える方が自然で。

ありのままの自分をわかってもらえるほど、この世界が甘くないことをフィーネは知っている。

要領よく納得しやすい説明をする方が多分、うまくいく可能性はずっと高くて。

だけど、フィーネは本当のことを話したいと思った。

怖くても、話さないといけない。

そうしないときっと、幽霊さんにどこかで寂しい思いをさせてしまうから。

そして、本当の意味でシオン様に近づくことはできないから。

「実は一人、《黎明の魔女》に協力してくれている人がいまして」

その言葉は、シオンにとっても予想していないものだったのだろう。

小さく見開かれた瞳に、フィーネは言葉に詰まりそうになる。

それでも、踏みとどまる。

フィーネはシオンに幽霊さんのことを話す。

ひとつずつ丁寧に、誠実に言葉を選びながら伝える。

存在が他の人には観測できない古の魔法使いであること。

義理の両親に冷遇されていた自分に、魔法を教えてくれた人であること。

お父さんだと思っている大切な人であることを伝える。

うまく伝わらないかもしれない。

見えない誰かをお父さんと思っているなんて、普通の感覚からするとおかしな話に違いなくて。

顔を見ることができずに俯く。

だけど、シオンは特に疑うこともなくうなずいてくれた。

「君にそういう人がいてよかった」

安堵したような声に、フィーネは戸惑う。

「嘘だと思わないんですか？」

「嘘なのか？」

「違いますけど」

「それならいい」

「でも――」

「君が嘘をつかないといけない状況になったのは、俺にも責任がある」

シオンは言う。

「話してくれてありがとう」

優しい笑みに、フィーネは言葉が出なくなる。

よくない。

これは心臓に悪い。

抱えている神経症の一種が悪化したらどう責任を取ってくれるのか。

いや、責任はもう取ってもらえてるのかもしれないけれど。

顔が熱くて、うまく言葉を返せない。

ありのままの自分をそのまま受け取ってもらえたのが、予想以上に効いてしまったのだろう。

うにゃうにゃしてしまった自分の醜態にこめかみをおさえつつ、三人で手分けして、特級遺物が運び込まれた隠れ家を探す。

フィーネは変身魔法で鳥になり、シオンは王都から馬に乗って、幽霊さんはふわふわ漂いながら怪しい場所を巡る。

そこにある建物が隠れ家なのかどうか、判別するのは簡単なことではなかった。

アンデッドの実験をしていた屋敷の地下を見ても、エルネス伯は魔素と魔力の気配を隠すのが異常なまでにうまい。

一見廃墟のように見えても、その地下に特級遺物が隠されている可能性もある。

ひとつずつ丁寧に見て回る。

五件目のお屋敷を探索したところで、幽霊さんがフィーネを呼んだ。

『見つけた』

シオンと合流し、幽霊さんが探し当てたその場所へ向かう。

三階建ての洋館だった。

建てられてから五十年近く経っているだろうか。

不揃いな生け垣と荒れ果てた庭。

涸《か》れた池の底に落ち葉が堆積《たいせき》している。

ひび割れた窓をのぞき込んで観察をする。

誰かが住んでいる気配はない。

シオンに目配せしてから、フィーネは水魔法を起動する。

水の塊を窓枠から中に染み入れさせる。

窓の向こうに通してから、適度な粘性を含んだそれを操作して窓の鍵を開けた。

音を立てないように注意しつつ窓を開ける。

窓枠に足をかけ、中に入る。

ほのかに香ばしい木の匂いがする。

『エルネス伯は特級遺物を複数保有してる。何が仕掛けてあるかわからない。注意しすぎるくらいの警戒が必要だ』

幽霊さんの言葉にうなずく。

自分が作ったものだからこそ、それが悪用されたときの危険性についても誰よりもよく知っているのだろう。

たどり着いたその部屋には地下に続く隠し扉があった。

ノブを回し、扉を引く。

むせかえるような魔素の気配にフィーネは息を呑んだ。

「よほど魔道具の知識がないと、ここまで完璧に魔素を封じ込めることはできない」

すぐ隣でシオンが言う。

「エルネス伯夫妻は魔道具に精通してるんですか？」

「いや、あくまで趣味の範疇《はんちゅう》で専門的な知識は持っていないはずだ」

「協力者がいる可能性がありますか」

「ああ。魔法と魔道具にかなり精通している者がいる」

シオンが言ったそのときだった。

部屋一面に展開する魔法式。

罠が仕掛けられていたのだと気づく。

(召喚系魔法……！)

次の瞬間、フィーネたちを取り囲んだのはアンデッドの群れだった。

離宮を襲撃した際に使われた特級遺物が自動で作動するように仕掛けがなされていたのだろう。

逃げられないように外を固めつつ、中の防壁と挟み撃ちにして侵入者を撃退する構造。

獰猛なアンデッドの群れがフィーネたちを取り囲む。

その一体一体の強さは離宮にいたそれとは比較にならない。

召喚魔法の精度は込められた魔力量と魔素濃度に左右される。

本来は開放された場所ではなく、密閉された場所でこそ力を発揮する遺物だったのだろう。

(この量を相手にいったいどうすれば)

動けないフィーネの手を引いたのはシオンだった。

地下室に続く扉に飛び込み、フィーネを奥へ押しやる。

津波のようになだれ込む上級アンデッドの群れ。

次の瞬間、上級アンデッドの群れは時間が止まったかのように静止していた。

彼の目の前にある一切が凍り付いている。

巨大な氷の壁が彼の手の先に展開している。

『狭さを利用して一度に戦わないといけない相手を限定した』

低い声で言う幽霊さん。

『正しい判断だ。だが、これで止められるほど簡単な相手じゃない』

氷の巨壁に亀裂が走る。

「俺が時間を稼ぐ。君は先に行け」

「いけません。私も戦います」

「アンデッドは無限に湧き出るように設定されている。一人でも二人でも、結果は同じだ。最後には、魔力が底を突きこちらが負ける」

シオンの言葉は事実だった。

今この状況でアンデッドの群れに勝利する方法を三人は持っていない。

「でも、それじゃシオン様が」

「君なら、俺が力尽きる前に戻ってきてくれるだろう？」

たしかな信頼が含まれた言葉。

同時に、そこにはよくない何かも含まれているように感じられた。

最も危険な死地を自ら引き受ける死にたがり。

初めて出会ったときのことを思いだす。

この人は、自分の命に価値がないと思っている。

最悪死んでもいいとどこかで思っている。

その諦念《ていねん》が気に入らなかった。

「私を守って貴方が死んだら、私の命はその日で終わると思って下さい」

「何を言って……」

「二人分の命だと思ってどんな手を使っても生き残れって言ってるんです。死んだら絶対に許しませんからね」

それは、シオンにとって意外な言葉だったらしい。

彼は二度小さくまばたきをして。

それから、やわらかく目を細めた。

「わかった」

彼の心にどれだけ届いたのかはわからない。

シオン様の心の奥には多分、誰にも溶かせない分厚い氷が張っていて。

だからこそ、一秒でも早く戻ってくると決めた。

フィーネは奥へ急ぐ。

狭い通路を振り返らず先へ進む。

◇　◇　◇

『私を守って貴方が死んだら、私の命はその日で終わると思って下さい』

いったい何を言っているのかわからなかった。

それは誰よりも前向きな彼女のそれとは一見思えない言葉で。

だけど、すぐにその意味がわかった。

『二人分の命だと思ってどんな手を使っても生き残れって言ってるんです。死んだら絶対に許しませんからね』

死ぬな、とただそう言っているのだ。

自分の命を天秤にかけて。

彼女が本当に死ぬような人ではないのはわかっている。

ここで自分が死んだら、彼女は深く悲しんでくれて、落ち込んでくれて。

でも、しばらくしたら立ち直って、前向きに人生を歩んでくれる。

彼女の奥にある強さを知っている。

死ぬな、と言ってくれるその優しさも。

『決めたわ。絶対に死なさないから』

初めて会ったあの日。

半ば意地になっているようなテンションでかけられた回復魔法。

でも、そこに含まれている優しさの気配に彼は気づいていた。

慣れた手際の裏にある豊富な場数。
この子は、こんな風に今までたくさんの生き物を治療している。
『貴方のためじゃないわ。死なせたら私の寝覚めが悪いってだけ』
照れ隠しでそんなことを言いながら。
そういうところが良いなと思った。
好きになった。
そんな彼女が、『二人分の命だと思って生き残れ』と言ってくれた。
それは、他にもう何もいらないと思うくらいうれしい言葉で。
だからこそ、もう少し生きていたいと思う。
いや、少しじゃ足りない。
一日でも長く続いてほしい。
（死ぬわけには行かない）
シオンは魔法式を展開する。
（ここから一歩も通さない）

◇　◇　◇

地下室は三重の扉で厳重に施錠されていた。

この扉の鍵を開ける前に、アンデッドの群れが侵入者をすり潰す設計にしているのだろう。

地下に引き込み、逃げ道が失われるよう誘導しているのが製作者の性格の悪さを感じさせる。

フィーネは慎重に鍵を開けていく。

物理的な干渉を受けない幽霊が、その間に中の安全を確認する。

『中に人影はない。開けて大丈夫』

幽霊の言葉にうなずいて、慎重に扉を開ける。

地下とは思えない開《ひら》けた空間が広がっていた。

息を呑みつつ、長い階段を降りる。

研究施設のような建物の中、扉から光が漏れている。

強い光だった。

扉の枠から漏れ出した光は、魔導灯の光よりもずっと白い光の線を壁に刻んでいる。

扉を開けたフィーネは、中からあふれ出した魔素濃度の濃さに思わず身体を折った。

むせかえる。吐き気がする。

こんなに魔素濃度が濃い空間、経験したことがない。

『フィーネ……』

「大丈夫」

扉を閉じて呼吸を整える。

「中はどうなってる？」

『特級遺物を暴走させようとしている。いくつかの遺物は既に起動しているみたいだ。このまま暴走が進めば、目も当てられない惨劇が起きる』

「何が起きるの？」

『地図上からこの地域が消える。魔素汚染で五百年は誰も住めなくなる』

フィーネは言葉を失う。

握りしめた拳がふるえる。

「絶対に止めないと」

『僕が遺物を解析して安全に止める方法を探す。少なくない時間がかかると思う。手順がわかったら、君が遺物を止めて』

「わかった」

幽霊さんが扉の奥へ消える。

落ち着かない気持ちで、フィーネは周囲を見回す。

どこかに隠れた方がいいだろうか。

しかし、身を隠すために動きだすより先に、その行動自体無意味であることがわかってしまった。

「君が噂の《黎明の魔女》か。これは興味深い」

立っていたのは、エルネス伯夫人だった。

《薔薇の会》で会ったその人は、しかしまったく別の誰かのように見えた。

話し方も立ち姿も、何もかもが違う。

「貴方は……誰？」

フィーネの言葉に、エルネス伯夫人は言う。

「その質問に答えるのは難しい。私がどういった存在か私自身も明確な答えを得られてはいないからだ。かつては《黄金卿》と呼ばれていた。今は人の心を破壊し、人格を乗っ取る精神体とでも言えばわかりやすいだろうか。とはいえ、それも私の持つある性質を表しているに過ぎない。本当の私に対する表現としては一面的だし不足があると言わざるを得ないだろう」

エルネス伯夫人に入っているもの――《黄金卿》は言う。

「かつての私は優秀な魔術師だった。君たちなど到底足下に及ばないほどのね。しかし、そんな私でも生きている間に魔法というもののすべてを解明するには明らかに時間が足りなかった。私は考え、ある方法を思いついた。永遠の寿命を得ることはできない。だが、永遠に生き続けることはできるかもしれないと気づいた」

研究成果を披露するかのような口調で続ける。

「自らを霊体化し、他者の精神を破壊して成り代わる魔法。人体を使った実験は簡単には成功しなかったが、最後には正しい手順を発見することができた。私は精神体となり、私を慕う若手魔術師の身体を支配した。あとは繰り返しだ。私は生き続けた。しかし、ふたつ誤算があった」

《黄金卿》は、指を折りながら続ける。

「ひとつは、時間をかければかけるほど魔法のすべてを解明するのは不可能であるように思えたこと。もうひとつは、私の為したことが後生に正しく評価されなかったことだ。愚かな民衆は私の偉業を理解できなかった。それどころか、私が最も憎み、嫌悪していた者の残したものを特級遺物などと呼んでありがたがっていた」

《黄金卿》は憎悪に満ちた目をフィーネに向けた。

「ああ、《黎明の魔女》。その名前がどれだけ私にとって腹立たしいか君は到底理解できないのだろうな。偶然の一致だとしても殺意が湧く」

「偶然の一致……？」

彼の言葉は、フィーネの心を激しく波立たせた。

何かが彼女の中で繋がろうとしている。

「貴方は幽霊さんを……《黎明の賢者》を知っている？」

「《黎明の賢者》……？」

《黄金卿》は、撃たれたような顔で目を見開いた。

時間が止まったかのような静寂。

それから、言った。

「《黎明の賢者》……《黎明の賢者》と言ったか。どうして知ったかは知らないがその名前をまだ知っている者がいるとは。これは可笑《おか》しい。なんという偶然だろう」

堪《こら》えきれないように笑って言う。

「そうだな。私はあいつのことを知っている。拾ってやったのに自らの才能に驕《おご》り、思い上がって私の顔に泥を塗った。今でも昨日のことのように思いだす。屈辱。憎しみ。憎悪。そして、愉悦《ゆえつ》」

《黄金卿》は言う。

「あれは私の人生で最も幸福な瞬間だったよ。あいつの魔法に罠を仕掛けてね。永遠にこの世から消えてなくなるようにしてやったのさ。そして、やつの残した魔道具を、人を傷つけ生命の尊厳を破壊する兵器に作り替えた。あいつが知ればとても生きてはいられないだろうね。何せ、人を救う魔道具なんてぬるいことを言っているやつだったからさ。すべて台無しにしてやった。ああ、思いだしただけで胸が高鳴る」

フィーネは何も言わず《黄金卿》の言葉を聞いていた。
呼吸の仕方を忘れていた。
握りしめた拳。
柔肌《やわはだ》に爪が深く食い込み、赤い跡を作る。
しかし、痛みは感じていない。
気づいてさえいない。
(ダメだ)
フィーネは思う。
感じている。
今まで経験したことのない憎しみを。
憎悪を。
(この存在は、私が絶対にこの世から消さないといけない)
フィーネは魔法式を展開する。
誰の声も聞こえていない。
誰も見えていない。
脳を焼く怒りと衝動。

一面に展開する魔法式。
世界が白く染まる。
無数の稲妻が《黄金卿》に殺到する。
対して、《黄金卿》は魔法を起動することさえしなかった。
炸裂する轟雷。
地鳴り。
大地の強震。
白いもやのような煙がたちのぼる。
何かが焼けたような臭いがする。
床材には黒い跡が残っている。
フィーネは荒い呼吸を整える。
静まりかえった部屋の中に、声が響いた。
「そんな魔法で私を倒せると思ったか？」
息を呑む。
巨人に蹴り飛ばされたかのような衝撃。
何が起きたかわからなかった。

後方の壁にたたきつけられる。

破砕する地下の壁材。

口から漏れた唾液に、赤いものが混じっていた。

(なにこの魔法……)

フィーネが知らない魔法だった。

原理も魔法式構造もまったくわからない。

(重力を操作してる……?)

もやの中から現れた《黄金卿》の身体には傷ひとつついていなかった。

強い圧力にフィーネの身体がきしむ。

息ができない。

声にならない声が漏れる。

「お前たちは魔法の深淵《しんえん》を知らない。現代魔法などこの程度のものだ」

《黄金卿》は言う。

「愚かしい……愚かしすぎて反吐《へど》が出る。無知で思い上がった愚民ども。魔法の表層しか知らないくせにすべてを知れるなどと勘違いしている。お前たちの魔法など無価値で取るに足らないものだというのに」

うんざりした様子で首を振る。

「私が生きていた頃の魔法は、ずっと高度で美しかった。お前たちには到底理解できないだろうがね。ただひとつ、あいつの魔法だけは美しさからほど遠いものだったが」

侮蔑に満ちた表情で続けた。

「あんなものはあってはならない。徹底的に汚し、貶《おとし》め、この世界から抹消しなければならない。あんな魔法など絶対に――」

フィーネがひとつの魔法式を起動したのはそのときだった。

身体が重力魔法から解放される。

地面に降り立ったフィーネは不敵に目を細めて言った。

「ありがとう。貴方が嫌がることを教えてくれて」

放たれた水の大砲は《黄金卿》の身体を跳ね飛ばした。

蹴られた石のように転がって静止する。

「なぜその魔法を……」

信じられないという顔でつぶやく《黄金卿》。

「私は《黎明の賢者》の一番弟子だから」

フィーネは言う。

「その人の魔法については誰よりもよく知ってるの。それが貴方の魔法より美しいってこともね」

「あいつの文献はすべて抹消したと思っていたが、残っているものがあったのか……」

《黄金卿》の声はかすかにふるえていた。

握られた拳が小さくふるえている。

赤い液体が一筋、指の間を流れて雫《しずく》になる。

「懐かしいよ。何も変わっていない。ああ、醜すぎて吐き気がする」

強烈な怒りと憎悪がそこにはある。

「ここで証明してやる。あいつの魔法など私の足下にも及ばないということを」

怒りに目を剝く《黄金卿》。

二人の魔法が交錯する。

（幽霊さんが教えてくれた中でも、あの人の本質に近い魔法を――）

思いだされたのは過ごした時間のこと。

魔法を教わった日々。

二人で過ごした思い出がフィーネに力をくれる。

《黄金卿》の魔法はフィーネが見たこともないほど高度で力強い。

だけど幽霊さんの魔法は、その魔法の力を的確に削ぎ、取り込んで自らの力として逆用した。

幽霊さんの魔法が力を増す。

フィーネはすぐそばに幽霊さんがいるのを感じている。

(私の血の中に幽霊さんがいる。背中を支え、守ってくれている)

同時に、《黄金卿》がどうしてそこまで幽霊さんを敵視するのかもわかったような気がした。

相性が悪すぎるのだ。

酸素を含んだ風を受けた火がその勢いを増すように、幽霊さんの魔法は《黄金卿》の魔法を分解して自分の力にする。

どんなに破壊的な出力を形にしたとしても、それを利用してさらに幽霊さんの魔法は力を増す。

フィーネ一人では絶対に勝てなかっただろう。

しかし、今のフィーネは見つけてくれた大切な人と二人で戦っている。

「なぜだ……なぜ……」

拮抗《きっこう》していたバランスが崩れ始める。

二人で過ごした時間に形作られた魔法は、《黄金卿》の魔法を跳ね返し、吹き飛ばした。

蹴られた小石のように転がり、静止する《黄金卿》。

「私はすべてを捧げていた。あいつより必死で努力した。苦しんだ。悩んだ。才能もあった。なのに、なぜ……」

「貴方がどんな思いをして、何を経験したのか私にはわからない。でも、多分勝とうとしたのがいけなかったのよ。貴方は彼を誰よりもうまく支えられた。その意味で、貴方たちの魔法は最高の相性だった。勝つことにこだわる必要なんてなかったの。相手の力を引き出し、伸ばし、支えることができる――それって、単純な強さよりずっと価値のあることだから」

しかし、フィーネの言葉は《黄金卿》だったものには届かなかったようだった。

「許さない……絶対に……！」

憎悪に満ちた表情を残して《黄金卿》だったものは消失した。

エルネス伯夫人の身体から力がすっと抜けて、眠っているような安らかな表情になった。

（いけ好かないやつだったわ）

彼が幽霊さんにしたことを思いだして唇を歪ませてから、深く息を吐く。

無事に終わらせることができたのだ。

弟子として、幽霊さんの敵《かたき》を討つことができた。

あとは、幽霊さんの指示通り特級遺物の暴走を止めればすべてが終わる。

（シオン様は大丈夫かしら）

幽霊さんの解析が終わるまでどのくらいかかるのだろう。

一度見に行ってもいいだろうか。

考えていたそのとき、フィーネの背後で何かが動いた。

それは人の身体だったが、その動きは獣のようだった。

速度に身体がついていっていない。

筋肉と腱を裂け飛ばしながらフィーネに向けて疾駆する。

「――――！」

反射的に魔法式を起動するフィーネ。

しかし、その何かの周囲で魔法式が既に展開している。

交差する二つの魔法。

相殺しきれず一気に押し込まれる。

まばゆい光の奔流の先に見えたのは貴族男性――エルネス伯の顔だった。

「自らを霊体化し、他者の精神を破壊して成り代わる魔法。当然エルネス伯も私の支配下にある」

《黄金卿》は、口元を激しく歪ませて笑みを浮かべる。

「私に勝ったと思ったかあいつの弟子。ここまでは想定の範囲内だ。魔力も多くは残っていないだろう。私の魔法があいつの魔法に対して相性が悪かったとしても、この魔力量の差は覆せない。そして、なんという幸運だろう。私はここで極めて希少で価値のある優秀な魔術師の肉体を得ることができる」

フィーネは、背筋に冷たいものが伝うのを感じた。

この人は私の精神を破壊し、肉体を自分のものにしようとしているのだ。

「楽しみだよ。あいつの魔法が私のものになる。最大限有効に活用させてもらう。傷つけ、破壊し、損なわせ、あの余裕ぶった笑みを絶望に変えてやる」

負けられない。

絶対に負けちゃいけない。

幽霊さんの魔法を傷つけるために使わせてはいけない。

しかし、フィーネの魔力はそのほとんどが失われている。

均衡が崩れ始めた。

交差する二つの光の奔流。

その交点が少しずつフィーネの方へと近づいていく。押し込まれていく。

高熱が出てるみたいに重たくなる身体。

かすむ視界。

渇いた喉。

意識が朦朧《もうろう》としてきている。

瞬間、光の奔流がフィーネの身体に直撃した。

衝撃と共に身体が宙を舞う。

転がる。

壁に当たって静止する。

白くぼやけた視界の中を、《黄金卿》がゆっくりと近づいてくる。

「死後の世界があるのなら、そこであいつに伝えてくれ。これからもっとたくさんの人間がお前の魔法の犠牲になる。全部お前が悪いんだ、と」

フィーネのすぐそばでかがみ込み、その頭に向けゆっくりと両手を伸ばす。

振り払おうとするが身体が動かない。

あの手が頭に触れれば、私の意識は失われるのだろう。

公爵家はどうなってしまうのだろう。

次期公爵夫人がこんな怪物になってしまったとしたら、想像もしたくないようなひどい状況になるのは明らかで。

何より、身につけた魔法のすべてが利用される。

幽霊さんに死ぬよりもつらい思いをさせることになる。

そんなの絶対にいけないのに。

懸命に意識をつなぎ止めるフィーネ。

しかし、展開しようとした魔法式は形にならずに霧散した。
「終わりだ」
指先がフィーネの額に触れる――その刹那だった。
まばゆい光がすべてを染め上げる。
何の魔法なのかわからない。
その原理がフィーネには理解できない。
ただ、ひとつ明らかなことがあった。
この魔法は本当に――嫉妬してしまうくらいに美しい。
「残念だけど、死後の世界では会えないんだ」
透明の壁がフィーネを外の世界から守るように広がっている。
光の先に立っていたのは一人の魔術師だった。
ふわふわとした長髪。
ひだまりみたいにやさしい声。
「まだ生きてるんだよ、僕は」
その姿に、フィーネは泣きそうになる。
いる。

実体がある。

影がある。

言葉の響きが鼓膜を揺らしている。

離宮の地下に保管されていた三種の神器のひとつ――《星月夜の杖》

幽霊さんを実体に戻すことができるそれは持ち去られ、他の魔道具とともにこの場所にある。

暴走させるべく起動していたそれを利用して、自分にかかっていた呪いのような魔法を解除した。

――だから今、幽霊さんは生きて目の前にいる。


「…………………は？」

《黄金卿》は立ち尽くす。

信じられないという表情。

凍り付いたかのように動かない。動けない。

時間が止まったかのような沈黙。

目の前の状況を受け入れるために時間が必要だったのだろう。

理解し、認め、それから――

「あああああぁぁぁあああああ!!」

《黄金卿》は獣のように咆哮《ほうこう》した。

口を限界まで開き、力任せに魔法を放つ。

一帯を埋め尽くすように展開する魔法式。

数百の轟炎が、すべてを蒸発させながらフィーネたちに降り注ぐ。

しかし、次の瞬間それらの魔法は薄い膜のようなものに絡め取られていた。

中空で静止する巨大な焔を集めて練り込み、《黎明の賢者》は発光するひとつの小さな球を作る。

《黄金卿》に向け手を伸ばす。

瞬間、放たれた光の球は、《黄金卿》を巻き込んで着弾して、魔法付与がされた堅い壁に巨大な穴を作って静止した。

（すごい……）

それはきっと憧れの感情だったのだと思う。

自分が無意識に探していたもの。

追いかけていたもの。

理想とする魔法のひとつの形が目の前にある。

同時に私は悲しいと感じている。

感覚的にわかってしまったから。

この魔法は、この人の見つけた正解で。

私にはどうがんばっても使えない。

届かない。

まったく違う私の形を。

私は私の正解を見つけないといけない。

いや、そんなことはいいんだ。

今はこの魔法を見てないと。

だって、――これはあまりにも綺麗すぎる。

「また負けるのか……？　ここまでしても私はお前に届かないのか……？」

呆然とした声が響く。

粉塵の中から、上半身が壁に埋まっているエルネス伯の姿が現れる。

「負けてなんかいないよ。君の魔法があったから、僕は今の魔法を使うことができた。昔からずっとそうだ。僕は君にずっと助けられている。君の力を借りているから、僕は他の人より少しだけ高く飛ぶことができた。それだけのことだった。本当にそれだけのことだったんだよ」

「何も変わっていないな。そうやって綺麗な言葉で私を辱《はずかし》める。ひどく惨めな気持ちにさせる」

「違う。本心だ」

「だったらなおさら最悪だ。私が最低なやつみたいじゃないか。ああ、歯がゆい。悔しい。許せない。どうしてこんな……」

　嘆きが空気を揺らして消えていく。

「本当に、どうして私はお前のように綺麗な魔法が使えないのだろうな」

「綺麗だよ。君の魔法は綺麗だ」

「私の魔法が醜いことは、私が誰よりも知っている」

《黄金卿》は言った。

　明確な事実を話しているような口調だった。

「歪で醜悪で人を傷つける。それが私の魔法だ」

「醜くなんてない。僕が最初に憧れたのは君の魔法だった」

　幽霊は言う。

《黄金卿》は首を振る。

「気休めを」

「本当だよ。それまでの魔法界の常識を根底から破壊する君の魔法に、僕は憧れていた。独創的でエネルギーに満ちていて、他の誰にも描けない美しい歪さがそこにはある。君は偶然の出会いだと思っているだろうけど本当は違うんだ。僕は君に会えることを知っていた。仲良くなりたいって思ってた」

幽霊は言う。

「君が思っているよりも、僕は君と君の魔法が好きだったんだよ。ずっと憧れていた。あんな風に魔法が使えたらどんなにいいだろうって。僕が使う魔法とは真逆で、だからこそ何よりも綺麗に見えたんだ」

《黄金卿》は息を呑む。

少しの間押し黙ってから言う。

「……本当なのか？」

「本当だよ。気恥ずかしくて言えなかった。そのことをずっと後悔してた」

《黄金卿》は呼吸の仕方を忘れたみたいな顔で幽霊を見ていた。

それは彼にとって本当に、思いもよらない言葉だったように見えた。

「ああ、なんだ。そうだったのか」

息を漏らすようにつぶやく。

「私は君の影におびえていたのか」

《黄金卿》の身体から力が抜けていく。

目の前に立つ幽霊を見上げ、それから目を伏せた。

「どうやら時間切れらしい。笑ってくれ。何も成し遂げることができなかった。私らしい惨めで愚かしい幕切れだ。そうは思わないか」

「思わないよ。君は懸命に生きた。許されないこともたくさんしたかもしれない。君のせいで随分傷つけられたし、死にたくもなった。それでも、僕は君を誇らしく思う。君がいないと僕の人生はもっと味気ないものになっていたから。僕の人生の中で一番仲良くなれた友達が君だったから」

幽霊は言う。

「僕は君が好きだったよ」

「私はお前が大嫌いだった」

《黄金卿》は言った。

「君に会えてよかった」

《黄金卿》の顔から力が抜ける。

魂の微少な重さが身体から抜けていったのが感じられた。

エルネス伯の肉体と静かな部屋が残った。

幽霊さんは穏やかな顔をしていた。

少し迷ってから、フィーネは言った。

「悲しい人だったわね」

「そうかもしれない。でも、僕は彼をどうしても悪く思えないんだ。憎まれ、恨まれ、ひどいことをたくさんされたのに、それでもさみしいと思っている自分がいる」

「いいんじゃない？　人の心って複雑なのよ、きっと」

フィーネは幽霊さんのそばにかがみ込む。

そっと髪に触れる。

頭を撫でる。

触れられる。

ふわふわとした感触に目を細めるフィーネに、幽霊さんはふっと微笑んだ。

「本当によくがんばったね。すごく綺麗な魔法だったよ」

「見てたの？」

「少しだけだけどね。でも、すごかった。僕よりずっと美しい魔法だった」

「そんなこと……」

「あるんだよ。君にしか描けない魔法がある。だから、大事にしてあげて」

その言葉には、大切な何かが含まれているように感じられた。

《黄金卿》みたいに、自分を他の人と比べて傷つく必要はどこにもなくて。

私は私のベストバージョンを目指せば良い。

人のものではなく、自分の持っているものを大切にすること。

丁寧に水をやって、愛してあげること。

多分、ちゃんと受け取ることができたとフィーネは思う。

うなずいてから、立ち上がる。

「それじゃ、特級遺物の暴走を止めてシオン様を助けに行きましょ」

幽霊と二人で協力して、特級遺物をひとつずつ慎重に停止させる。

むせかえらずにはいられない常軌を逸した魔素濃度にもかかわらず、幽霊さんは平気そうだった。

「負けてるみたいで不服だわ……」

苦々しげに言うフィーネだったけど、幽霊さんの解釈は違うみたいだった。

「君は魔素を感知する能力が際だって高いんだよ。僕の魔導書を見つけられたのもそれが理由なんだと思う。加えて、見えないはずの本を熱心に読み続けることでさらにその能力が磨かれていった。多分、君だけに僕が見えたこともそれが理由だった」

「自分では普通だと思うんだけど」

「才能ってそういうものだよ。自分では意外とわからないものだから」

良い感じに丸め込まれた気もするけれど、褒められているみたいだし悪い気はしない。

特級遺物が完全に停止したことを確認してから、二人でシオンの元へ向かう。

幽霊の身体は浮いていなくて、普通の人みたいに地面を踏みしめている。

見慣れないその姿がうれしい。

一階に続く扉には無数のへこみがついていたが、アンデッドを一体も通すことなく耐え続けていた。

扉を開ける。

一面を埋め尽くす高位アンデッドを押しとどめるシオンの背中が瞳に映る。

少なくない傷を負ってはいたが、魔力もまだ残っているようだった。

回復魔法をかけつつ、隣に並んでアンデッドの群れを押し返す。

「さすがだ」

シオンの言葉に、口角を上げつつ返す。

「シオン様の方こそ」

二人で息を合わせて魔法を放つ。

振り向いたシオンは、フィーネの隣にいる幽霊を見つめて目を見開いた。

「…………あれが、君の？」

声には驚きの色が含まれている。

その響きがうれしい。

他の人とは全然違う魔力の気配がそこにはあって。

すごいでしょって言いたくなって頬がゆるんでしまう。

でも、照れくさいし調子に乗らせてはいけないから、シオンにだけ聞こえるように言った。

「私の師匠で最高のお父さんです」

幽霊は弾かれたように顔を向けて言った。

「最高!?　今、最高のお父さんって言った!?」

「…………」

どうやら全力で聞き耳を立てていたらしい。

めちゃくちゃうれしそうなその顔を冷たい目で見つめる。

シオンはくすりと微笑んで言った。

「素敵な人だな」

「訂正します。いろいろこじらせててすぐ調子に乗るダメお父さんです」

フィーネは言う。

「君に家族と呼べる人がいてよかった」

それは自然にこぼれ落ちたみたいに発せられた言葉だった。

でも、だからこそ彼が意図していないニュアンスがそこに含まれているようにフィーネには感じられた。

自分には家族がいないと思っているような。

寂しそうではない。

心からよかった、と思っているように見える。

だからこそ、少し切なくなってしまう。

それが当たり前の前提と認識しているくらい、彼は家族というものに縁遠い人生を送ってきたのだ。

「シオン様にもいますよ」

フィーネは言う。

たしかな意思を込めて。

「私がいます。家族じゃないですか、私たち」

シオンは少し驚いた様子で瞼を動かした。

しばしの間じっとフィーネを見つめてから、

「そうだな」

と優しい声で言った。

アンデッドの群れを押し返し、幽霊の力を借りて仕掛けられていた特級遺物を解除した後、シオンは目の前に広がったその光景を困惑しつつ見つめていた。

「ま、待って、心の準備が……」

柱の陰に隠れる幽霊と、

「いいから出てきなさいって」

その手を引っ張ろうとするフィーネの姿。

「僕にとっては数千年ぶりの人間との接触なんだって。しかも、娘の結婚相手とか絶対に失敗が許されない相手じゃないか。ただでさえ、初対面には強くても継続的に関係していく相手は不得手な方で」

「うだうだ言わない！　大人でしょうが！」

「大人でも怖い物は怖いの！」

目の前で展開される残念なやりとり。

アンデッドの群れを、その理《ことわり》を計り知ることさえできない美しい魔法でなぎ倒してから、未知の特級遺物をあっさりと解除してしまった規格外の魔法使い。

荘厳な雰囲気をまとっていたあの姿は幻だったのだろうか。

シオンは無表情で二人を見つめつつ思う。

(なんだか緊張してきた)

相手の緊張は自分にも伝わるもの。

まして、その人は結婚相手の父親なのだ。

絶対に失敗は許されない。

(なにをはなせばいいのかわからない)

身体が固まり、動けなくなってしまうシオンだが、その姿も孤高と周囲に勘違いされるミステリアスな空気感を持っている彼である。

(なんという落ち着き……やっぱり怖い……)

心の中で怯える幽霊。

必然、ファーストコンタクトは極めてぎこちない形で行われた。

「はじめまして。幽霊と呼ばれてます。フィーネの師匠でありお父さんです」

「シオン・クロイツフェルトです。よろしくお願いします。お義父さん」

「お、お義父さん……!?」

その言葉は、幽霊にとって特別な響きを持つものだったらしい。

「そっか、息子になるんだ。息子……息子か……」

信じられないという顔でつぶやいてから続ける。

「君みたいに立派な息子ができてうれしいよ。困ったこととかあったらなんでも相談してね。フィーネはいろいろと変わってて残念なところがあるけど、根は本当に良い子で時々そっぽを向きながら感謝の言葉を言ってくれて――」

「余計なことを言わないで……！」

慌てて止めるフィーネと、それでも話そうとする幽霊。

楽しいやりとりを見ながら、この二人はずっとこんな風に過ごしてきたのだと思う。

そんな家族の一員に自分もこれからなるのだ。

うまくできるかはわからない。

いや、多分うまくはできないだろう。

人付き合いが不得手で不器用な自分だから。

でも、それでいい。

少しずつでもできるようになっていくのだ。

時間はたくさんある。

どんな環境で育ったとしても、なりたい自分に近づくことはできるはずだから。

微笑ましい時間を過ごした後、先に外に出たシオンが感じたのはかすかな魔力の気配だった。

吹き抜ける風に混じるその残滓《ざんし》をシオンは感じ取る。

「いつから幻影魔法をかけていたんですか」

「シオンくんに会うたびに少しずつやね。シオンくんは精神の防壁が硬いからなかなか簡単じゃなかった。言葉で動揺させて、ちょっとずつ染みこませていってたわけ」

何もないように見えていた空間から現れたのは針金細工のような細身の男だった。

《風の魔術師》ウェズレイは意地悪な笑みを浮かべて言う。

「とはいえ、保険をかけてたからギリギリ騙し切れただけで、紙一重の勝負ではあったんやけど。その点、フィーネちゃんは楽やわ。単純な性格やからすぐかかってくれる。警戒することを覚えたら、また厄介になってくるんやろうけど」

「どこまで見ていたんですか」

「全部見てたよ。地下には近づけんかったからそこで起きたことに関してはわからんけどね。でも、大筋はわかってると思う。フィーネちゃんが《黎明の魔女》であることも知ってる」

「国王陛下に報告するんですか」

「そのつもりやったよ。手柄になるんは間違いないしね。でも、気が変わった」

ウェズレイは言う。

「《黎明の魔女》が危険な存在でないのはよくわかったからね。むしろ救ってもらったくらいやし。何より、強いカードは使わず持っておいた方が良い。君らと今後関わっていく中で、その方がボクにとって有利やから。ボクはこの国よりも自分がかわいいからね」

ウェズレイはシオンに背を向ける。

「今後ともよろしゅう。あと、東の門に面白い人が来てるで」

「面白い人？」

「誰かは会ってのお楽しみ。ほな、また」

ひらひらと手を振る後ろ姿が風に消える。

食えない人だ、とシオンは息を吐いてからウェズレイが残した言葉について考える。

（とにかく、行ってみるしかないか）

荒れ果てた庭を歩く。

花壇は雑草であふれかえり、涸れた池には干からびた粉のような砂が堆積している。

頭を下げて蜘蛛の巣をかわしつつ、たどり着いたその場所にいたのは意外な人物だった。

シャルル・クロイツフェルト。

クロイツフェルト家現当主であり、シオンの父。

自分を手放し、迎えに来てはくれなかった人。

動けなくなるシオンの姿に、シャルルが気づいて小さく目を見開く。

「シオン……」

「どうしてここにいるんですか」

「近くを通りがかったときに君を見かけたという話を聞いて。王宮で大変な事件が起きた後だから」


気になって見に来たということらしい。

そこにはシオンを心配する感情も含まれているように感じられる。

何を今更、と思う自分がいる。

意地を張りたくなる自分がいる。

傷つけてやりたいと思う自分がいる。

だけど、うれしいと感じている自分もいる。

自分はこの人の子供だから。

どうしたって意識せずにはいられないようにできていて。

どう接すれば良いのかはわからない。

自分には親に抱きしめられた記憶がない。

愛された記憶がない。

でも、まずは許すところから始めようと思った。

歪んだ家族の呪いから抜け出すために。

あの二人みたいな綺麗な家族になれないかもしれないけれど、それでも少しでも近づいていけるように。
抱きしめられたことがないなら、自分から抱きしめてみよう。
やり方は、《ハグの儀式》で練習してる――
「ありがとう」
シオンは言って、前に踏み出す。
近づき歩み寄って、そっとシャルルの肩に手を回す。
すぐそばでシャルルが小さく息を漏らした。
腕の中で身体が固くなって。
拒絶されるんじゃないかと少し怖くなって。
だけど次の瞬間、感じたのは背中に回されたあたたかい腕の感触だった。
「無事で本当に良かった」
すぐ傍で聞こえるやさしい声。
親子のそれにしてはよそよそしい感触。
でも、思っていたよりずっと悪くないと思った。

エピローグ

後処理を終えて屋敷に戻ってから、実体化した幽霊さんに、クロイツフェルト家の人たちはそれはもう大変戸惑うことになった。

「フィーネさんのお父さんですか」

人の良いシャルル公は受け入れてくれて、屋敷の中に幽霊さんが泊まる部屋を用意してくれたけど。

「フィーネ様のお父さん……私、聞いてない……」

最も強いショックを受けていたのはミアだった。

「ひどいですよフィーネ様！　私には話してくれてもよかったじゃないですか！」

と口をとがらせ、

「これからは隠し事はなしですからね！　なんでも話してくれないといやですから！」

そんな風に言う。

(隠し事がないなんてありえないと思うんだけど)

生きていれば言いたくないことのひとつくらいは抱えているもので。

どんなに仲が良い相手でも、心のすべてをさらけだすのは無理なんじゃないかというのがフィーネの感覚。

だけど、この子は簡単にできることみたいに『隠し事はなし』と言う。

多分何も考えていないのだ。

裏表なく、素直に思ったことを口にする。

それでどうなるかなんて考えない。

傷つくことを恐れずに、自分のありのままを差し出すことができる。

そういうところが素敵だな、と思った。

自分にはできないことだから。

ううん、時にはやってみてもいいかもしれない。

「私、ミアのそういうところ好きよ」

「フィーネ様……！」

ミアは瞳を輝かせて、フィーネをぎゅっと抱きしめた。

「私もフィーネ様が大好きです！」

　少し照れくさいけれど。

　でも、こういうのも悪くないと思った。


「見事な働きだった。よくやってくれたね」

　数日後、フィーネは宰相コルネリウスの執務室にいた。

「予想以上だったよ。王国に背信している裏切り者を発見しただけでなく、その背後にある原因まで突き止め、五賢人と協力して事態を収拾した。王宮が襲撃され、宝物と遺物が盗み出されたという危機的状況を解決できたのは間違いなく君のおかげだ。本当に助けられたよ。ありがとう」

　穏やかな笑み。

　しかし、この人が一筋縄ではいかない相手であることにフィーネは気づいている。

「どこまでわかっていたんですか」

　その問いかけに、コルネリウスは首を傾ける。

「何のことだろう」

「貴方は《薔薇の会》に参加している誰かが危険な特級遺物を所有していることに気づいていた。あるいは、既に違う誰かに成り代わられていると知っていた。違いますか」

「どうしてそう思う？」

「《花の魔術師》アイリスさんに忠告されました。貴方は危険を承知で私をそこに送り込む、と。危険な仕事ではないと嘘をついて」

「なるほど。彼女なら、そうするか」

コルネリウスは言う。

「申し訳ないことをしたと思っている。だが、君の力がどうしても必要だったんだ。断られるわけにはいかなかったし、シオンに拒否されるリスクも避ける必要があった」

「私だけではなく、《黎明の魔女》の力も必要だったのでは？」

「そこまで見抜いている、か」

コルネリウスは深く息を吐く。

「その可能性も頭にはあった。君が《黎明の魔女》の弟子だという話を知ってね。ベルナール卿のときのように力になってくれる可能性を期待した」

「次は最初から言ってください。信用できない相手とは組めないので」

「情報はできるだけ共有することにするよ。本当にすまなかった」

そう言いつつも、この人はまた嘘をつくのだろう。

感覚的に気づいている。

この人は根っからの政治家で。

嘘と謀略の世界の住人だから。

私にはわかる。

だって、私も嘘をついているから。

「しかし、シオンと君の協力もあったとはいえ、あれだけの惨状をたった一日で収拾するとは。やはり《黎明の魔女》の力には特別なものがあると言わざるを得ない。もし彼女と話す機会があったら伝えてほしい。私はいつでも最大級の待遇で迎える用意があると」

そんなことを言いながら、こき使うつもりなのでしょう、と心の中で舌を出す。

だけど、嘘つきな私はにっこり目を細めてうなずいた。

「伝えておきます」

フィーネは秘密の弾丸を隠し持っている。


その日は日曜日で、《ハグの儀式》が行われる日だった。

実体化した幽霊のにやけ顔がフィーネは苦痛で仕方ないらしく、「なぜこのような苦行を強いられなければならないのか」と踏み絵を強いられる宣教師のような顔で抵抗していたが、最後には折れてハグをする流れとなった。

「行きます」

「来い」

えいっ、と意を決して胸の中に飛び込む。

ほんのりとあたたかい人肌の感触。

自分より大きくて硬い身体。

頭の中が真っ白になって関節技を極めてしまいそうになる。

『脅威発見！　脅威発見！』

『心拍数増加させます！　迎撃準備できました！』

『やられる前にやるしかない！　攻撃だ！』

『脳隊長！　攻撃指示を下さい！』

脳内で鳴り響く緊急事態を告げるアラート。

肉体は既に動き出そうとしている。

指示が出れば電気信号は発達した運動神経を通り、フィーネの身体は磨き上げられた美しい関節技を外敵に極めることだろう。

しかし、フィーネは耐えた。

『攻撃――しない』

照れくささと気恥ずかしさに耐え、全力で抵抗したくなる本能を制御した。

ハグをしてくれようとしている相手に関節技をかけるのは、人としてよくないと思うから。

何より、この人と本当の意味で家族になるために、超えていかないといけないことだと思ったから。

「フィーネ様が普通のハグを……！」

驚く使用人たちの声。

「すごいです、フィーネ様。ミア感激です」

弾んだ声で言うミアと、

「がんばったね……よくがんばったね、フィーネ」

目元を拭いながら言う幽霊さん。

貴方たちは私をいったい何だと思っているのか。

断固抗議しなければならないと心の中で憤るフィーネだったが、触れあう身体から伝わるぬくもりは思っていたよりも悪くないものだった。

お互いの中にある寂しさを交換して打ち消し合っているような、そんな感じがする。

恋愛感情なんて、やっぱり価値がないものだと思う。

神経毒の一種だという考えは変わらないし、面倒で厄介で邪魔なものだと思う。

でも、こういうのも時々なら悪くないかもしれない。

あたたかさに包まれながら、そんなことを思った。

◇　◇　◇

一人と一人が二人になることはできるのだろうか。

最近、ずっとそんなことを考えている。

それは不可能なことのようにシオンには思える。

人はどこまでいっても一人だから。

どんなに相性の良い相手でも、合わないところや嫌なところは必ずある。

いつか《風の魔術師》が言っていたように、本当の意味で１００パーセントわかりあうことはできなくて。

でも、それでもいいと思った。

照れ屋で真っ直ぐで魔法が大好きで変な子で。

そんな彼女を見ているだけで自分は幸せだから。

（付き合わせて、少し申し訳ないな）

その日は、ハグの儀式が行われる日で、シオンは身体の力を抜いていつも通り関節技をかけられる準備をしていた。

下手に抵抗するとお互い、怪我をする可能性がある。

しかし、この日は様子が違った。

フィーネが我慢している。

普通のハグをしようと懸命に堪えている。

いいのだろうか、と迷った。

こんな自分を受け入れてもらっても。

身体がこわばる。

人との接触は苦手で。

思いだされる嫌な記憶もあって。

自分が汚れているような感覚もあって。

だけど、彼女はそんなシオンの傷をやさしく受け止めてくれているように感じられた。

気のせいかもしれない。

錯覚かもしれない。

都合の良い幻想を見ているだけかもしれない。

それでいい。

このぬくもりはたしかにここにある。

心の奥にある冷たい何かが溶けていくのを感じている。

(ここにいてくれてありがとう)

本当の意味でわかりあうことはできないかもしれない。

それでも、ずっと傍にいてほしいと思っている。

◇　◇　◇

フィーネが関節技を堪えたことで、ハグの儀式は終わりどころを見失ったまま続くことになった。

そんな状況をまったく想定していなかった二人は、周囲が『あれ？　長くない？』と困惑するところまでハグを続行。

事態に気づいたフィーネは激しく動揺し、顔を真っ赤にしてシオンに関節技を極めた。

「ぐ……良い感じだったのに、なんでこんな……」

夕食後、自室でフィーネは頭を抱えていた。

人と関わっていくってやっぱり難しい。

何より、うっとうしいのはからかってくる人がいること。

「僕は見ててすごく面白かったけど」

にやにやした笑みを浮かべる幽霊さん。

右手で頭を抱えたまま、左手だけ伸ばして「うるさい」とパンチする。

すかっとすり抜けるはずだったそれが、彼の身体に当たる。

硬い胸板の感触に少し驚く。

それはおかしなことで。慣れないことで。

だけど、その感触を悪くないと思う。

触れられなくても不満は一ミリもなかったけど、
でも触れられるのも悪くない。

「それじゃ、僕は自分の部屋に戻るから」

言った幽霊さんを引き留める。

「待って。あれをしてないって気づいたの」

「あれ?」

「実体に戻ったらやろうって言ってたでしょ」

フィーネの言葉に、幽霊は少し考えてから言う。

「……暴力反対」

「違うわよ。ほら、実体に戻ったらダンスをしましょうって言ってたじゃない？」

「ああ、あのときの」

「ほら、しましょう」

手を差し出すフィーネ。

「でも、音楽とかないし」

「いいじゃない。なくても」

「僕、経験ないから動きとかわからないよ」

「そんなのなんとなくでいいの。ほら、いいからやる」

フィーネは幽霊の手をつかむ。

思っていたより冷たく硬い指の感触。

視線が交差する。

にっこり目を細めてフィーネは幽霊を引っ張る。

自分を軸にして幽霊をくるくると振り回す。

「これ逆じゃない？」

「私の方が幽霊さんより強いからこっちが自然よ」

「……言ったな」

幽霊の瞳にあやしい光が灯る。

地面にしっかりと両足をつくと、慣性の力を利用して、フィーネの身体を振り回す。

「わっ。すごいすごい。もっと回して」

「いいよ。それっ」

周囲の景色が線になる。

静かな部屋の中で、二人は幼い兄妹のように笑い合いながらくるくると回っていた。

人と関わっていくのは難しいことで。

傷つくことや悲しい出来事もあって。

でも、だからこそ楽しいこともある。

触れられるから起きる嫌なこともあるけれど、触れられるから出会える素敵なこともある。

呼吸を合わせて二人で踊る。

見られることなんてまったく気にしていない不格好なダンス。

リズムに合わせてステップを踏み、全身で喜びを形にする。

響く子供みたいな笑い声。

二人の両手はしっかりとつながれている。

特別書き下ろし1　満天のプレゼント

ロストン王国には12月25日の朝、子供にプレゼントを贈る風習がある。

元々は、西方諸国で広く知られている聖教の特別な日らしいのだけど、長い年月が経つうちにいろいろなことが変わって、そういうことになっているのだそうだ。

赤い服を着た白髭のおじいさんが、良い子の靴下の中にはプレゼントを、悪い子の靴下の中にはじゃがいもを入れるのだとか。

『その扱いはじゃがいもに失礼（とってもおいしいのに）』とか、『良い子と悪い子って結局親にとって都合が良いかどうかで判断されてない？』とかいろいろと思うところはあるけれど、とにかくそういうことになっているらしい。

思えば、今年で九歳になる私も昔はプレゼントをもらっていた記憶がある。

両親が死んでこのボロボロのお屋敷に来てからは、そんなことを求められるような義理の親ではなかったからすっかり忘れていた。

とはいえ、今の私がプレゼントを欲しいかと言われると、『別に欲しくもないな』というのが正直な感覚だった。

世間の子供たちは白髭の正体が親であることを知らないようで、真夜中にこっそり枕元に忍び込む不審者に羨望のまなざしを向けたり、一晩中起きてなんとかその姿を直接見てやろうとかたくらんだりしてるらしいけれど、読書家の私は既にその裏側を知っている。

子供たちが胸を弾ませる白髭は結局のところ幻想であり、大人になる過程で失われるものなのだ。

私はそんなものに踊らされるほど子供じゃないし、バカじゃない。

見栄を張って世間体にこだわる大人たちは愚かだなぁといつも思っているし、一時の気の迷いで浮気してすべてを失った人の話なんて聞くと、なんでそんな頭の悪い選択ができるのか不思議でならない。

（やれやれ。みんなバカばかりね）

頭の良い九歳の私は、そんな感じで本から知識をたくさん学びながら、悟ったような顔で世界を見ていたのだけど、最近周囲で少し変わったことが起きている。

私が『そこそこ頭の良い大人』として認めている人――幽霊さんが何やらそわそわしているのだ。

半透明で影がなく、私にしか見えない幽霊であるその人は、自称古の大賢者という痛い人だ。

でも、もしかしたら本物なのかもと少し思ってしまうくらいには頭が良くて、いろいろなことを知っている。

本で読んだ学者の意見を私が考えたみたいな顔で話していたら、『必ずしもそうとは言えないんじゃないかな』って本には書いていない鋭い意見を出してきたりして――なかなかできる人だと認めざるを得ない一面を持っているのだ。

そんな幽霊さんがなぜそんなにそわそわしているのか。

きっかけは多分、あの日聞いた侍女たちの噂話だったんじゃないかと思う。

「息子さんへのプレゼント、今年は何にするの？」

「今年は絵本にしようかなって。あの子、絵本が好きだから」

「いいわね。うちもそうしようかしら」

「できるなら、フィーネ様にも何かお贈りできたらよかったんだけどね」

「ダメよ。そんなことバレたら、奥様は烈火のごとくお怒りになるわ」

「そうよね。わかってるんだけど、でもかわいそうだなって」

「プレゼントなんて、もらってるの見たことないものね」

彼女たちは私が隣の部屋にいたことを知らなかったらしく、なかなか大きな声でそんなことを話していた。

訂正しておくと、プレゼントをもらったことがないわけではない。

幽霊さんはいつもことあるごとにいろいろなものをくれる。新しい魔法の使い方だったり、知らない世界のわくわくするお話だったり。

幽霊さんはものに触れることができないから、形のないものばかりだったけれど、でもそういうものの方が本当はずっと価値があるんだって本好きの私は知っている。

その噂話に対して、私は特に何も思わなかった。

みんなが見えない幽霊さんとの関わりを思い返して『やっぱり私特別な経験してるかも』と頬をゆるめたり、『でも、かわいそうな子っぽいフリはしておきましょう。その方がみんな優しくしてくれるし』と頭の中で計算したくらいで、本当に取るに足らない出来事だったのだ。

しかし、幽霊さんはことを大きく捉えたらしかった。

自分が生きていた時代にその風習がなく、今まで何もしていなかったというのも、大きく問題意識を覚える一因だったのだろう。

『フィーネに寂しい思いをさせてしまっていた……！』と深く後悔し、『今からでもフィーネに白髭プレゼントイベントを体験させてあげないと』と強い危機意識を持ってしまったらしい。

『プレゼントをくれる白髭おじいさんの話を知ってるかな？』なんて前々から知ってるみたいな顔で言ってくるから、なんだこいつ、と白い目で見ずにはいられなかった。

もちろん知っているけれど、しかしそう伝えると幽霊さんは『白髭イベントを経験させられなかった……！』とさらに深く後悔して、もっとめんどくさいことになるかもしれない。

「なにそれ？」と知らないフリをした。

幽霊さんは瞳を輝かせた。

『これからでも挽回できる！』と思ったのだろう。

長生きしてるのにこういうところ単純なんだよな、と思う。

『12月25日の夜に煙突から入ってきてね。良い子の枕元にはプレゼントを、悪い子の枕元にはじゃがいもを置いていく素敵な人なんだ』

「とんでもなく怖い犯罪者ね。入って来れないように煙突を封鎖しないと」

『いや、善意でのことだから。良い子のみんなにプレゼントをくれるんだよ』

「つまり良い子かどうかずっと見てるってことでしょ。縁もゆかりもないのにそんなことしてるって絶対にやばい人じゃない。その上、煙突から忍び込んで枕元に贈りものってストーカーの中でもかなりの悪質さよ。そんなやつからのプレゼント、怖すぎて絶対に受け取りたくないわ」

『た、たしかに言う通りなんだけどこの場合は違うというか』

「とにかく、私の家に白髭は侵入禁止。入ってきたら簀巻《すま》きにして自警団に突き出すから、そのつもりで」

これくらい言っておけば、幽霊さんも何もしなくていいと思えるし、罪悪感を感じずに済むかなと思ったのだけど、状況は私が望んでいる方向には進まなかった。

ふわふわこだわりなく生きているように見えて、やると決めたらあきらめの悪い研究者肌の幽霊さんだ。『白髭を知らないフィーネに素敵な思い出を作ってあげるんだ』と張り切り、私に隠れて何やらこそこそと準備している様子。

（そんなことしなくていいのに）

私は今の生活に満足しているし、これ以上何かが欲しいとも思わない。

ボロボロのお屋敷は残念なところもたくさんあるけれど、人間の適応能力はバカにならないもので、慣れてしまうと案外気にならず快適に生活できている。

外に出ることは許されないけれど、だからこそこっそり抜け出すのが楽しいし、ごはんが与えられない分野草と山菜のおいしい食べ方を学ぶことができた。

前向きに楽しく過ごせばどんなところでも幸せに暮らすことはできる。

何より、ここには幽霊さんがいる。

私のことを大切に思ってくれてるのが伝わってくるから、それだけで義理の親に何を言われても『そういう鳴き声の生き物なんだな』と聞き流すことができるのだ。

既に私は十分すぎるだけのものを幽霊さんからもらっている。

なのに、なんでそこまでしたいかなぁと首をかしげずにはいられない。

こんな子供にいろいろしたところで、得られるものなんてひとつもないのに。

しかし嘘をついて期待させてしまった手前、白髭の正体も知ってるし、プレゼントもいらないと言うわけにもいかない。

『何もしてないよ。ほんとに何もしてないからね、うん』

そう言ってそっぽを向く幽霊さんを、もうちょっと嘘のつき方練習した方がいいよと思いながら、ため息をついて見つめる大人な私だった。


その年の冬は例年以上に冷え込み、十二月が後半になる頃にはしんしんと降る雪が一面を白く染めていた。

こっそり屋敷を抜け出した私は、朝雪の真っ白な絨毯の上で跳ねて駆けまわった。

寒いなんて全然思わなかった。

雨樋《あまどい》のつららを折って剣みたいに振ったり、塀に積もった雪を根こそぎ手で取って固めて幽霊さんに投げた。

『残念だけど、僕には当てられないよ』と澄まし顔をしていた幽霊さんだったけど、私があまりにも雪玉を投げるので、『なんだかぶつけられるのとは違う方向で傷つけられてる感じがする』と悲しい顔をしていた。私は勝った、と思った。

雪だるまを作ったり、かまくらを作ったり、小さな出来事のひとつひとつに不思議なくらい胸が弾んで仕方なかったことを覚えている。

『あんな隙間風の入る部屋でフィーネ様、かわいそう』と侍女たちが言うのを聞きながら、炎魔法で暖を取って『何もできない子供のように見えて、本当は魔法使いなのよ』と密かな優越感に浸ったり。

分厚い氷が張った池でスケートをしたり、雪の絨毯を踏みしめながら幽霊さんと鬼ごっこをしたりもした。

そんな楽しい日々の中で迎えた白髭不審者の現れる24日の夜。

夕食は、あたたかいマトンシチューだった。

本当はお肉を入れないように言われているらしいのだけど、侍女たちはお金を出し合って内緒で「今日くらいは」と私にいつもより少し豪華な夕食を用意してくれた。

「ありがとう。こんなにおいしいごはん、初めて」と言うと、侍女たちは涙ぐんで「いつか絶対幸せに過ごせる日が来ますからね」と言った。

ちょろい。

頭の良い私は大人も騙せるくらい演技派なのよ、と心の中で頬をゆるめつつお肉入りのシチューを大切に食べる。

一方で、幽霊さんの様子はなんだかおかしかった。

そわそわしてるのはそれまでと同じなのだけど、そこにはどこか不安そうな感じが混じっている。

前は『プレゼントを入れてもらえるよう靴下を準備するんだよ』と弾んだ声で言っていたのに、
今日は『靴下……そうだね、準備した方がいいね』とどことなく困っている様子。

(実体がないから、プレゼントを用意できなかったんだな)

何にも触れられない幽霊さんなので、形あるプレゼントを用意するというのはそもそも不可能なことだったのだろう。

抜けているところのある幽霊さんは、本格的にプレゼント選びを始めるまでその事実に気づいていなかったに違いない。

そして、現実に気づいて愕然としたのだ。

自分には靴下に入れられるようなプレゼントを用意できない、と。

無力だと感じたり悲しい気持ちになったりもしたかもしれない。

嫌だな、と私は思った。

(できるだけ悲しませずに済むよう、意識して過ごさないと)

私は幽霊さんとボードゲームをした。古びた盤の上に黒と白の丸い駒を交互に置いていく。挟むと裏返すことができて、多く自分の色にした方が勝ちというシンプルだけど奥が深いゲーム。

四隅を取った方が有利であることと、最初はなるべく取らない方が勝ちやすいことを私は本で読んで学んでいた。

でも、幽霊さんはこういうゲームが無駄に強くて、途中までは勝たせてくれるけど最後には届かない差を見せつけてくる。

悔しいので、よそ見をしてるうちにこっそり駒の配置を入れ替えた。幽霊さんは目を細めて微笑んでから、何も言わずに駒を置いた。負けた。頭の良い私がこんなに勝てないなんて。おかしい。何かが間違っている。

（まあ、プレゼントを用意できなかったことを気にせずに済むように、今日くらいは花を持たせてあげましょう）

夜が更けていく。戸締まりができてるか確認してくる、と部屋を出て行った幽霊さんは、驚いた顔で戻ってきて言った。

『外で赤い服を着た白髭のおじいさんと会ってね。君に伝言を頼まれたんだ。「君は本当に良い子だから、他の子よりすごい特別なプレゼントをあげたい。でも、それは靴下には入れられないものだからちょっと屋根の上に出てきてほしいんだ」って』

嘘であることは最初からわかっていたけれど、優しい私は気づいていないフリをしてあげた。

窓から外に出ようとする私に、幽霊さんはたくさん服を着るよう言った。ボロボロのマフラーを二重に巻いて口元を覆った。それから、冷蔵庫の牛乳をマグカップに注いで、炎魔法で温めるように言った。

注文が多い。

めんどくさい、と思うけれど私のことを大切に思ってくれてるのは伝わってくるので付き合ってあげる。

マグカップを手に窓から屋根の上に出る。

辺境にある幽霊屋敷の周囲に明かりを放つものはまったくなくて、外は深い闇に閉ざされていた。

吐いた息がマフラーにこもって白く濁る。

指示されたとおり屋根の上に腰掛けて、空を見上げた。

そこで見た光景を私は一生忘れないだろう。

透き通った冬の夜空に瞬《またた》く星々。

真っ暗な分まばゆく見えるそれは、宝石を振りまいたみたいに美しく光を放っている。

「すご……」

思わずつぶやきが漏れていた。

視界の端で幽霊さんが微笑む。

私たちは屋根の上に並んで腰掛けて、夜空の星を眺める。

幽霊さんはひとつひとつ指さして、星の名前と星座を教えてくれた。遠い昔の誰かが残した物語が由来になっていて、私は胸を弾ませながら心地良い声を聞いていた。

あたたかいマグカップの感触。

ミルクの香り。

『風邪ひくといけないから』と言う幽霊さんにわがままを言って、別の星座のお話をねだる。

仕方ないなぁ、と続きを話す幽霊さんはなんだかほっとしているように見えた。

触れられない自分でもなんとかプレゼントを贈ることができた、と。

幽霊さんは時々申し訳なさそうな顔をする。

私がなんだか悲しい気持ちになった真夜中とか、熱を出して寝込んでいる日の枕元で。

触れられない身体で私をぎゅっと抱きしめながら、少し寂しげな顔をする。

実体ある両親のいる子供が経験する、あたたかさみたいなものを与えられないという感覚があるのだと思う。

でも、そんなこと本当に全然気にしないでいいのだ。

私は幽霊さんが大好きで、何より幽霊さんが私を大切に思ってくれていることが、どんな状況でも全然平気って心から思えるくらいにありがたいことで、救われることで。

だけど、口にするのは照れくさいから、子供なフリをして私はもっともっと、と幽霊さんにわがままを言う。

触れられなくても全然いいんだよって気持ちが伝わればいいと思っている。

私はいつももらってばかりで、優しい幽霊さんに甘えてばかり。

だからこそ、大きくなったら幽霊さんに何かをあげられる私になりたいなと思った。

もらったたくさんのものを同じくらい返すなんてとてもできないけれど、でも少しずつでも返していきたい。

大人な私は、もっと大人になった将来を夢見て頬をゆるめる。

空には満天のプレゼントが瞬いている。

特別書き下ろし2　ささやかだけど価値のあるもの

昔から、自分のことがよくわからなかった。

自分は何が好きなのか。

何のために生きているのか。

多分よくある話なのだろう。

そういう類いの話はよく聞くし、自分探しと称して旅に出る人もいると聞いたことがある。

中身のない人形のように生きていた暗い過去。

なのに、いったいどうしてこんなことになっているのだろう。

自分には今、好きな人がいる。

声を聞くだけで胸が弾む。

見ているだけで幸せな気持ちになる。

手が少し触れるとどきっとして。

しかし、彼女の侍女は真剣な顔で言うのだ。

「もっとらぶらぶ作戦。今日はさらに先の段階を目指しましょう。ぎゅっと抱きしめてフィーネ様の野良猫ハートを溶かすのです」

日曜の夕食後に行われるハグの儀式。

この儀式においてのハグは、お互いがなんとなく相手を気遣い合った結果、腕を回して背中にそっと触れるくらいの軽めのハグというのが今までの定番だった。

(ぎゅっと抱きしめる……)

シオンは無表情で考える。

やわらかい感触を想像する。

顔がほんのり赤くなる。

「しかし、いきなりぎゅっと抱きしめるというのは性急すぎるのではないだろうか」

「そんなことはありません。みんなやってることです」

「そうなのか?」

「ええ。私が調べたところによると二十冊中十九冊のロマンス小説で男の人がヒロインをぎゅっと抱きしめる描写がありました」

「一冊では無かったのか」

「その作品はヒロインが古びた城壁に恋をするお話だったので」

「城壁に恋？」

「戦争が終わった後、ヒロインが傷ついた城壁にハグをするシーンは本当に感動的でした」

「そういう作品もあるのか。奥が深い」

シオンは真剣な顔でうなずいてから言う。

「しかし、小説と現実は違う部分もあるのでは？」

「ありませんよ。ロマンス小説は恋愛の教科書。この世界におけるあらゆる恋愛の神髄がここに詰まっているのです」

「そんなにすごいものだったのか」

「そんなにすごいものなのです」

真面目な顔で言うシオンに、ミアはうなずく。

「男性というのは時に記憶喪失になったり、ヒロインを庇って死にそうになったり、重い病気を抱えて死んだりしながら恋愛をするものなんですよ」

「死んだら恋愛はできないのではないか？」

「死んでも思いは残りますから。恋愛は死さえ乗り越えちゃうくらい強いものなのです」

すごい、と素直に感心する。

世の男性というものは、思っていたよりもハードな人生を送っているようだ。

『記憶は死に対する部分的な勝利である』とある著名な作家が書いていたことを思いだす。

たしかに、ロマンス小説には人生における大切なものが詰まっているのかもしれない。

「わかった。やってみる」

「ええ。応援しています」

背中を押されて日曜日の夕食に向かう。

迎えたハグの儀式の時間。

目の前に立ったフィーネは視線をさまよわせながら、ファイティングポーズを取っていた。

(隙が無い……)

攻撃することに最適化された構えを感心しつつ見つめる。

その顔はほんのり赤く染まっていて、シオンは胸の奥にあたたかい何かを感じる。

恥ずかしがり屋なところも好きだな、と思う。

驚かせないようにゆっくりと近づく。

警戒心の強い野良猫に触れるみたいにそっと身体に触れる。

頬が彼女の髪に触れる。

石けんの香りがする。

どきっとして一瞬、自分が何をしているのかわからなくなる。

『ぎゅっと抱きしめてフィーネ様の野良猫ハートを溶かすのです』

頭の中で声が聞こえる。

腕に力を込めたその瞬間だった。

シオンの身体は宙に浮いている。

水晶のシャンデリアが自分の足先をかすめる。

やわらかい絨毯《じゆうたん》に叩きつけられたシオンは、そのまま流れるような動きで肩の関節を極《き》められていた。

『またやってしまった』と慌てて彼女は力を緩める。

その顔を見て『違う』と言いたくなる。

反省する必要なんて少しもないのだ。

何をされてもきっと、大抵のことなら許してしまえる。

かわいいと思えてしまう。

ダメなところだって、もっと愛しくなってしまうくらいに。

結局のところ、自分は彼女のことが好きなのだ。

シオンは彼女の手を摑む。

「好きだ」

思いを伝える。

彼女の身体が稲妻に打たれたみたいにふるえる。

真っ赤な顔で瞳をさまよわせる。

「それは、つまり……」

顔を俯け、少しの間押し黙ってから続けた。

「シオンさんは、女性に関節技をかけられるのが好きだということですか？」

「違う」

全力で否定したくて、無表情で答える。

自分の答え方は何かおかしなところがあったのかもしれない。

ぷっと彼女が笑って、それにつられてシオンも目を細める。

完全にわかりあうことはできなくて。

誤解もすれ違いもたくさんあって。

だけど、だからこそ尊い何かがそこにはある。

多分数年後には誰も覚えていないささやかなやりとり。

こんな瞬間を人は幸せと呼ぶのかもしれないと思った。

あとがき

高校三年生の夏休み、とある大学の模試を受けていた葉月はそこに載っていた小説に衝撃を受けました。

（あれ？　この小説人生で一番くらいに好きかも）

そこにはひとつの現実逃避も含まれていたように思います。

背伸びして受けたその大学模試は、葉月の学力で太刀打ちできる難易度ではなく、「あ、これ葉月には無理なやつだ」という感覚が自分の中に生まれつつありました。

「よし、この小説が人生で一番くらいに良すぎて、夢中で読んでたから解けなかったということにしよう」

そんな逃避の感覚がまったくなかったと言えば嘘になります。

しかし、それを差し引いてもその小説には葉月の心を強く惹きつける何かがありました。

大学生になったら、じっくりちゃんと読もう。

ですが、大学に入った後その作品の名前が思いだせません。見ればわかるからと保管していた模試の答案はいつの間にかどこかに消えてしまっていました。

困った末に葉月は模試を作っている会社に電話をかけました。

去年受けた模試の小説がすごくよくて、読みたいが思いだせないので教えてほしい。

なかなか迷惑な類いの電話だったかもしれませんが、担当してくれた女性の方は親切に小説のタイトルを教えてくれました（ありがとう河合塾さん）。

小山清という方が書いた「落穂拾い」という小説でした。その後、三上延さんが「ビブリア古書堂の事件手帖」で取り上げたので知っている方もいるかもしれません。

売れない若手作家である主人公が、古本屋を経営する女の子と仲良くなり、応援してもらって誕生日にプレゼントをもらうお話。

葉月が強く惹きつけられたのはその文体です。私小説の体裁で書かれたその文体には、作者さんの優しい感じと一人で過ごす生活の寂しさがほんのり含まれているように感じられます。

そして、その寂しさからの逃避として、願いとして、古本屋を経営する女の子が描かれている（実は完全な私小説ではなく願望が入っているんだよって最後に種明かしがあるのです）。

自分の願いを、祈りみたいに作品に描く。欠けている何かに対する癒やしとして物語を描く。

そういう風に描かれた作品は、作者さんの人柄が滲んでいる感じがして、なんだか愛らしくて葉月は好きです。

振り返ると、今回の物語にもそういう部分がいくらか含まれているような気がします。

この作品に描かれているあたたかい関係性は、葉月の願いであり祈りです。

両親の仲が悪かったり、祖父の遺産相続でトラブルが発生してさらに悪化したり、いろいろあって家族ってなんだろうってなった自分の願いと祈り。

良いところもあるけど悪いところもあるっていうそれだけのことなのですけどね。

ちょっと嫌だなってところを薄目で見ながら、良いところや好きなところを探しつつ、ほどよく人と関わりながら生きていきたい今日この頃です。

この願いと祈りがどうか、皆様にとって良いものでありますように。

読んでくださって本当にありがとう。

皆様のおかげで生きていられます、と心からの感謝を込めて。

あとがき
今回のさし画
いろんな表情を描けて
楽しかったです…!!
2024.吉日

はじめまして！コミカライズを
担当させていただきます
ぐんたお、と申します。
小説二巻発売、
おめでとうございます!!
本作の最大の魅力は
主人公のフィーネちゃん
ではないでしょうか。
とにかくメンタル・フィジカル共に強い！
そして、爽快感とともに読み進められる中で語られる「家族の話」。
3人のキャラクターが愛することを知り、救われる。
物語は明るい口調で語られますが、そんなしっとりとした
空気が流れる…そのバランスのなんと心地よいことか。
お互いの想いを
知ったのちに
踊るワルツは
きっとテレがある
の図
そんな空気感と、
toi8さんの
描かれる美しい
キャラクターをどう
漫画に落としていくかを
命題に制作しております。
コミカライズ版もどうぞ
よろしくお願い
申し上げます！
このフィーネちゃん
髪型好きです。
1巻の精霊召喚の
ぐんたお！